www.ingramcontent.com/pod-product-compliance
Lightning Source LLC
LaVergne TN
LVHW100559051026
849519LV00003B/1033
9789358720891

جنگل میں منگل

(بچوں کا ناول)

مصنفہ:

بانو سرتاج

© Taemeer Publications LLC
Jungle mein Mangal *(Kids Novel)*
by: Bano Sartaj
Edition: July '2023
Publisher & Printer:
Taemeer Publications LLC (Michigan, USA / Hyderabad, India)

ISBN 978-93-5872-089-1
9 789358 720891

کتاب	:	**جنگل میں منگل** (ناول)
مصنف	:	**بانو سرتاج**
صنف	:	ادب اطفال
ناشر	:	تعمیر پبلی کیشنز (حیدرآباد، انڈیا)
زیر اہتمام	:	تعمیر ویب ڈیولپمنٹ، حیدرآباد
سالِ اشاعت	:	۲۰۲۳ء
تعداد	:	(پرنٹ آن ڈیمانڈ)
طابع	:	تعمیر پبلی کیشنز، حیدرآباد – ۲۴
صفحات	:	۹۴
سرورق ڈیزائن	:	تعمیر ویب ڈیزائن

فہرست

۱۔ چار دوست ---------- 6
۲۔ اِک بنگلہ بنے نیارا ---------- 17
۳۔ ننھے ہاتھوں کا کمال ---------- 26
۴۔ موت آ گئی ---------- 37
۵۔ بھیڑیے کا حملہ ---------- 46
۶۔ اجنبی مسافر ---------- 53
۷۔ غرّاؤ لیکن کھاؤ مت ---------- 59
۸۔ پڑھو گے لکھو گے بنو گے نواب ---------- 65
۹۔ راجہ کا اعلان ---------- 72
۱۰۔ جشن کی تیاری ---------- 78
۱۱۔ پریوں کا انعام ---------- 82
۱۲۔ بچھڑے مل گئے ---------- 88

☆☆☆

چار دوست

راجہ ایک چھوٹا سا بچہ تھا۔ دُنیا میں اُس کا کوئی نہیں تھا۔ ایک برس پہلے گاؤں میں سیلاب آیا تھا۔ گاؤں کے بہت سے لوگ اور مویشی یا تو سیلاب کی بھینٹ چڑھ گئے تھے یا گاؤں چھوڑ کر چلے گئے تھے۔ راجہ کے ماں باپ بھی پانی میں بہہ گئے تھے۔ نزدیک کے گاؤں کے ایک رحم دل شخص نے راجہ کو پناہ دی۔ راجہ اسے چاچا کہہ کر پکارتا تھا۔ اس کی بیوی راجہ سے اچھا سلوک نہیں کرتی تھی۔ گھر کے تمام کام اس سے کراتی تھی۔ جھاڑنا، برتن صاف کرنا، پانی بھرنا، مویشیوں کو چارا دینا وغیرہ۔

راجہ کے پاس ایک کتا تھا جس کا نام اس نے موتی رکھا تھا۔ جب بھی راجہ کو ماں باپ کی یاد آتی...... یا چاچی کا سلوک دُکھ پہنچاتا تو وہ موتی سے بات کر کے دِل ہلکا کر لیتا۔ وہ موتی سے بے حد پیار کرتا تھا۔

اس سال پھر برسات ہوئی۔ ندی کا پانی چڑھنے لگا۔ چندن پور کے باسی ایک بار سیلاب کی تباہ کاری دیکھ چکے تھے۔ وہ خوف زدہ ہو کر گاؤں چھوڑنے کی تیاری کرنے لگے۔ راجہ کے چاچا اور چاچی نے بھی بوریا بسترا

باندھا اور چل پڑے۔ مگر عین وقت پر راجہ غائب ہو گیا۔ چاروں طرف ڈھونڈ مچ گئی مگر راجہ گاؤں میں ہوتا تو ملتا؟ چاچا نے پوچھ تاچھ کی تو راجو نام کے ایک شخص نے بتایا کہ "راجہ اپنے کُتّے موتی کو تلاش کر رہا ہے جو رات سے غائب ہے۔"

گاؤں کے باہر چاچا کو راجہ مل گیا۔ چاچا نے کہا "راجہ، چلو۔ ہم سب گاؤں چھوڑ کر جا رہے ہیں۔ سیلاب آنے کا ڈر ہے۔"

راجہ موتی کو ساتھ لیے بغیر نہیں جانا چاہتا تھا مگر چاچا اور گاؤں والوں نے اسے موتی کو ڈھونڈنے کا وقت نہیں دیا۔ وہ اسے زبردستی ساتھ لے چلے۔ راجہ کی آنکھوں سے لگاتار آنسو بہہ رہے تھے۔ وہ چلتے چلتے رُک جاتا۔ پلٹ کر اِدھر اُدھر اس اُمید سے دیکھتا کہ شاید موتی آجائے۔ مگر موتی نہ جانے کہاں کھو گیا تھا کہ اس کے بار بار پکارنے پر بھی سامنے نہیں آیا۔

دِن بھر گاؤں والے چلتے رہے۔ ان کے ساتھ سامان تھا۔ تھک گئے تو ایک مقام پر آرام کرنے کے لیے ٹھہر گئے۔ کھانا بنایا۔ کھایا۔ کچھ آرام کیا اور پھر آگے چلے۔ اسی دوران راجہ کو موقع مل گیا۔ نظر بچا کر وہ ایک بڑے پیپل کے درخت کے پیچھے دُبک کر بیٹھ گیا۔ گاؤں والے اپنی دُھن میں آگے نکلے چلے گئے۔

راجہ کی آنکھ لگ گئی۔ بچپن کی نیند تھی۔ ماں باپ تھے تو دونوں کے درمیان چین سے سوتا تھا۔ چاچا کے پاس تھا تو وہ اپنے پلنگ کے پاس سُلاتے تھے۔ کہتے ہیں نیند تو سُولی پر بھی آجاتی ہے۔ یہ تو جنگل تھا۔ راجہ کو جنگلی جانوروں کے نام سے خوف آتا تھا مگر نیند کے آگے سب ڈر جاتا رہا۔ گیدڑ

چِلّاتے رہے، بھیڑیے غرّاتے رہے، سانپ سرسراتے رہے مگر راجہ کی نیند نہیں کھلی۔

سویرے چڑیوں کی چہچہاہٹ سُن کر راجہ اُٹھ بیٹھا۔ کیا دیکھتا ہے کہ موتی اس کے پاؤں کے پاس لیٹا ہے۔ خوشی سے وہ چِلّا اُٹھا"...... موتی......" لپک کر اس نے موتی کو گود میں اُٹھالیا مگر یہ دیکھ کر اسے بے حد مایوسی ہوئی کہ وہ کوئی اور کُتّا تھا۔ موتی نہیں تھا۔ راجہ کی گرفت ڈھیلی پڑ گئی۔ کُتّا نیچے گر پڑا۔

"بھوں...... بھوں......" کُتّے نے کہا۔ "کیسے ظالم ہو! مجھے نیچے پٹک دِیا۔"

"میں نے اپنا کُتّا سمجھ کر تمہیں اُٹھایا تھا۔ تم کون ہو؟"

"میں کُتّا ہوں۔ میرا مالک کھو گیا ہے۔ مگر تم نے مجھے اِتنی زور سے پٹکا کیوں؟ کیا صرف اپنے کُتّے کو پیار کرنا چاہیے؟ دوسرے کُتّوں کو نہیں؟ دوسرے کُتّوں کو کیا نیچے پٹک دینا چاہیے؟" کُتّے نے شکایت کی۔

"معاف کرنا بھائی۔ غلطی ہو گئی۔ وہ کیا بات ہے کہ میرا کُتّا کھو گیا ہے۔ میں اُسے دو دِنوں سے ڈھونڈ رہا ہوں۔ اُس کے بغیر میرا دِل نہیں لگتا۔" راجہ نے شرمندہ ہو کر معافی مانگی۔

"تمھارا کُتّا کھو گیا ہے۔ میرا مالک کھو گیا ہے۔ کتنی مزے کی بات ہے۔" کُتّا ہنستا ہوا بولا۔

"ہم دونوں کا کچھ نہ کچھ کھو گیا ہے۔ بھوں...... بھوں......"

"تمھارا مالک کون ہے؟ کیا وہ بڑا آدمی ہے یا میری طرح چھوٹا بچّہ ہے؟" راجہ نے پوچھا۔

"ہے نہیں۔ تھا۔ تمھاری طرح چھوٹا سا لڑکا تھا۔ زندہ ہوتا تو مجھے

پاتال سے بھی ڈھونڈ نکالتا۔ وہ ضرور سیلاب میں بہہ گیا ہے۔ اس کا نام بلو تھا۔ میرا نام گبلو ہے۔ ہماری دوستی دیکھ کر سب کہتے تھے:

بلو گبلو کی یہ جوڑی
اوپر والے نے ہے جوڑی
کوئی آئے کوئی جائے
توڑے سے نہ ٹوٹے جوڑی"

"واہ!" راجہ نے خوش ہو کر کہا "تم تو بڑے مزے دار کُتّے ہو۔ مجھ سے دوستی کرو گے؟"

"کیوں نہیں؟ ضرور کروں گا۔ ہم دونوں کو ایک دوسرے کے سہارے کی ضرورت ہے۔" کُتّا بھی خوش ہو گیا۔

"مگر ایک بات ہے۔ میں تمہیں گبلو نہیں، موتی کہہ کر پکاروں گا۔" راجہ نے دوٹوک الفاظ میں کہا۔

"یہی سہی۔ ایک بار تمہیں دوست کہہ دیا تو دوست کی بات ماننی ہی پڑے گی۔ ویسے بھی:

موتی، ہیرا یا ہو نام
چلنا چاہیے اپنا کام
میرا مالک ہو گیا گم
جو چاہے اب دے دو نام"

راجہ اور موتی نے ہاتھ ملایا اور دوست بن گئے۔ ساتھ ساتھ گھومنے لگے۔ جنگلی پھل توڑے اور کھائے۔ چشمے سے پانی پی کر پیاس

بجھائی۔ آنکھ مچولی کھیلے اور رات کا اندھیرا گھرتے ہی درخت کے نیچے سو گئے۔ خوب گہری نیند سوئے۔ دِل میں خوف تھا نہ کسی قسم کی پریشانی تھی۔ ایک دوسرے کا سہارا تھا۔

تیسرا دِن نکلا تو راجہ نے کہا ”موتی! بارش رُک چکی ہے، ندی کا پانی بھی اُتر گیا ہے، چلو گاؤں کی طرف چلتے ہیں کوئی ٹھور ٹھکانہ ڈھونڈیں گے۔ یوں بنجاروں کی طرح کب تک جنگل میں بھٹکتے رہیں گے؟“

”ہوں...... ہوں۔ چلو۔ چل کر دیکھنے میں کوئی حرج نہیں ہے۔ تم آگے آگے، میں پیچھے پیچھے۔“ موتی نے راجہ کی رائے سے اتفاق کرتے ہوئے کہا۔

دونوں باتیں کرتے ہوئے چلے۔ تھوڑی دُور گئے تھے کہ عجیب طرح کی آواز سُنائی دی۔ کبھی ایسا لگتا ہوا سے درختوں کی ٹہنیوں میں رگڑ کی وجہ سے آواز ہو رہی ہے کبھی ایسا لگتا کوئی انسان رو رہا ہے۔

”موتی......“ راجہ خوفزدہ ہو کر رُک گیا۔ ”یہ کون رو رہا ہے؟ بھوت چڑیل تو نہیں ہے؟ میرا دوست موہن کہتا تھا جنگل میں بھوت پریت رہتے ہیں۔ اکیلے انسان کو دیکھ کر اُسے پکڑ لیتے ہیں۔“

”شِش!“ موتی نے پیار سے راجہ کو ڈانٹا۔ ”بھوت پریت کوئی چیز نہیں ہوتی۔ یہ تو کوئی چھوٹا بچّہ ہے۔ پھر تم اکیلے کہاں ہو؟ میں ہوں تمہارے ساتھ! ہو سکتا ہے جیسے ہم اپنوں سے بچھڑ گئے ہیں ویسے ہی کوئی اور بھی بچھڑ گیا ہو۔“

دونوں دبے پاؤں اُدھر بڑھے جدھر سے آواز آرہی تھی۔ دیکھا،

ایک لڑکی خوفزدہ نظروں سے اِدھر اُدھر دیکھتی کھڑی رو رہی ہے۔

"تم کون ہو؟" سارا خوف بھُلا کر راجہ نے اُس کے نزدیک جاکر پوچھا۔

"لڑکی ہوں۔" اُس نے روتے روتے ہی کہا۔ راجہ اور موتی دونوں کو ہنسی آگئی۔

"وہ تو میں بھی دیکھ رہا ہوں۔ تمہارا نام کیا ہے؟" راجہ نے ہنسی روک کر پوچھا۔

"لالی۔"

"یہاں کیسے آئیں؟" راجہ نے حیرت سے پوچھا۔

"نہیں معلوم۔" لالی نے رونا بند نہیں کیا تھا۔

"ارے! پیروں سے چل کر آئی ہو؟ ہَوا میں اُڑ کر آئی ہو؟ آسمان سے ٹپکی ہو یا زمین سے اُگی ہو؟" راجہ نے کڑک کر پوچھا۔

موتی بھوں بھوں کر کے ہنستا ہُوا بولا "دوست! لڑکی سہمی ہوئی ہے۔ ذرا پیار سے بات کرو۔ ڈانٹ ڈپٹ سے کام نہیں چلتا۔"

"اچھّا لالی! تمہارے گاؤں کا کیا نام ہے؟ ہم تمہیں تمہارے گاؤں پہنچا دیتے ہیں۔" راجہ نے نرمی سے کہا۔

"نہیں معلوم۔" لالی نے مٹکا جیسا سر ہلا دیا۔ "تم کون ہو؟"

"میں لڑکا ہوں۔ میرا نام راجہ ہے۔ چندن پور گاؤں کا رہنے والا ہوں۔ میرے ماں باپ سیلاب کی بھینٹ چڑھ گئے۔ موتی کے لیے میں یہاں رُک گیا۔ دوسرے لوگوں کے ساتھ نہیں گیا۔ میں موتی کے بغیر

نہیں رہ سکتا۔"

"ارے باپ رے!" لالی حیرت سے آنکھیں پھاڑ کر بولی "تم کتنی باتیں کرتے ہو۔ میں نے تو صرف تمہارا نام پوچھا تھا۔"

راجہ اکڑ کر بولا "تیری طرح ہوں کیا، کہ سوال پوچھا تو جواب دیا ورنہ منہ میں لڈو بھر کر بیٹھے رہے۔"

"لڈو؟" لالی اُچھل کر بولی "لڈو پر سے یاد آیا۔ مجھے بھوک لگی ہے۔" لالی نے اپنا تھیلا ٹٹولتے ہوئے پوچھا۔ "لڈو کھاؤ گے؟"

"نیکی اور پوچھ پوچھ! لاؤ۔" راجہ ہنس پڑا۔

تینوں بیٹھ کر لڈو کھانے لگے۔ راجہ کے دِل میں رہ رہ کر یہ خیال آرہا تھا کہ لالی جنگل میں آئی کیسے؟ تنہا تو وہ آ نہیں سکتی تھی۔ اُس نے پوچھا "لالی، تمہیں یہاں کون لایا ہے؟"

"چاچا جی لائے ہیں۔ وہ پانی لینے گئے تھے۔ ابھی تک آئے نہیں۔ بس اب آتے ہی ہوں گے۔" لالی بولی تو راجہ گھبرا گیا۔ لالی کے بھی چاچا ہیں۔ اپنے چاچا، چاچی کی وجہ سے وہ سب چاچا چاچی خصوصاً چاچیوں سے ڈرنے لگا تھا۔ پتہ نہیں لالی کے چاچا کیسے ہوں؟

"لالی، چاچا تمہیں جنگل میں کیوں لائے؟" اس نے پوچھا۔

"معلوم نہیں۔ انہوں نے میری اماں کو بھی نہیں بتلایا۔ مجھے چپکے سے لے کر آگئے۔ میری اماں میرے لیے بہت روتی ہوں گی۔"

"تم ان کے ساتھ آئی ہی کیوں؟"

"میں آنگن میں کھیل رہی تھی۔ چاچا آئے۔ بولے 'چلو تم کو جلیبی

بہلاتا ہوں۔' مجھے دُکان پر لے گئے۔ بہت ساری جلیبی اور لڈو خرید کر دیے۔ میں کھانے لگی۔ پھر مجھے نیند آنے لگی۔ میں سو گئی۔ سوتی رہی۔ آج صبح چاچا کو دیکھا۔ ہم جنگل میں تھے۔ میں رونے لگی تو چاچا بولے "روؤ نہیں۔ ابھی تمہاری اماں کے پاس چلیں گے۔ میں ابھی آتا ہوں۔' جب سے جو گئے تو آئے نہیں۔"

"دیکھا۔ اب تمہارا منہ کُھل گیا نا۔" راجہ ہنس کر بولا "تمہیں گاؤں سے نکلے کتنے دن ہو گئے؟"

"یہ تو مجھے نہیں معلوم۔" لالی نے سادگی سے کہا۔

راجہ چڑھ کر بولا "تمہارا نام لالی نہیں، 'نہیں معلوم' ہونا چاہیے۔ کوئی بات تمہیں معلوم بھی ہے؟"

"معلوم نہیں۔" لالی بے ساختہ کہہ گئی۔ راجہ اور موتی ہنسنے لگے۔ لالی جھینپ گئی۔ راجہ سوچ رہا تھا۔ ماجرا کیا ہے؟ چاچاجی کہاں چلے گئے؟ لالی کو یہاں لانے کا مقصد کیا ہے اُن کا؟ موتی نے راجہ کو فکر میں غلطاں دیکھا تو ایک طرف لے جا کر بولا "بھوں...... بھوں...... میں نے دُنیا دیکھی ہے۔ چاچا ضرور لالی کو اغوا کر کے لایا ہے۔ اس پر یا تو کوئی مصیبت آ پڑی ہے یا ہم لوگوں کو دیکھ کر بھاگ گیا ہے۔ فوراً یہاں سے نکل چلو۔ وہ واپس آ گیا تو لالی کو ہم سے چھین کر لے جائے گا۔ کیا تم لالی کو اس کے حوالے کر دو گے؟ نہیں نا؟ تو چلو۔ آگے چلیں۔"

لالی ان کے ساتھ چلنے کو تیار ہو گئی۔ تینوں تیز تیز قدموں سے آگے بڑھے۔ کچھ ہی دُور گئے تھے کہ لالی تھک گئی۔ تینوں بیٹھ کر آرام

کرنے لگے۔ لالی نے پوچھا "تمہارے کُتّے کا نام موتی ہے؟"

"ہاں۔ اب تو اسی کا نام ہے۔ پہلے میرے پاس ایک کُتّا تھا۔ اس کا نام موتی تھی۔ وہ میری آواز پہچانتا تھا۔ میرے اشارے سمجھتا تھا۔ کہیں بھی ہوتا، میری سیٹی سُنتا تو فوراً میرے پاس آجاتا۔ وہ سیلاب میں کہیں کھو گیا۔" راجہ نے موتی کو گود میں اُٹھالیا۔ پیار کرتا ہُوا بولا "پھر یہ مجھے ملا...... میں نے اس سے صاف صاف کہہ دیا......"

"کیا کہہ دیا؟" لالی نے تجسس سے پوچھا۔

"......یہی کہ ...... میرے پاس رہنا ہے تو موتی بن کر رہنا ہوگا...... یہ مان گیا۔ بس۔ اسی وقت سے ہم دوست بن گئے۔ لالی! تمہاری کوئی سہیلی......"

"سہیلی! ارے!" لالی گھبرا کر کھڑی ہو گئی۔ "بُو بُو کہاں رہ گئی؟ میرے پیچھے پیچھے ہی تو آئی تھی۔ میں تمہارے ساتھ باتوں میں لگ کر اسے بھول گئی۔ دیکھنا۔ اب وہ شکایت کرے گی۔"

"بُو بُو کون ہے؟" راجہ اور موتی ایک ساتھ بولے۔

"ارے بابا! میری سہیلی ہے۔ میرے بغیر وہ کھاتی پیتی بھی نہیں۔ بڑی خوبصورت ہے...... گوری جھک...... موٹی موٹی...... مجھ سے بے حد پیار کرتی ہے۔ ضرور کہیں چھپ گئی ہے۔"

"کہیں تمہارے چاچا کے ہاتھ نہ لگ گئی ہو۔" راجہ نے خدشہ ظاہر کیا۔

"وہ چاچا کے ہاتھ نہیں لگ سکتی۔ بہت تیز دوڑتی ہے۔ کھیل رہی ہوگی کہیں۔ اُسے معلوم ہے کہ میں تمہارے سامنے اُسے ڈانٹوں گی نہیں۔"

لالی کی آواز میں بے پناہ پیار تھا۔

"آواز دے کر اُسے بُلاؤنا۔" راجہ کا تجسس اپنی انتہا کو پہنچ گیا۔

"نہیں۔ چُپکے سے چل کر دیکھتے ہیں۔ کیا کر رہی ہے؟ اے موتی! آواز نہ کرنا نہیں تو وہ ڈر جائے گی۔"

سب مِل کر اُسے ڈھونڈنے لگے۔ ایک جگہ گھنی جھاڑیاں نظر آئیں۔ پنجوں کے بل کھڑی ہو کر لالی نے جھانکا اور بولی "جیسے کچھ دیر کے لئے میں اُسے بھول گئی تھی۔ ویسے ہی بُوبُو نے مجھے بھُلا دیا ہے۔ دیکھو کتنی مگن ہے!"

راجہ نے جھانک کر دیکھا۔ اُس کا سارا جوش صابن کے جھاگ کی طرح بیٹھ گیا...... بولا...... "وہ ہے بُوبُو؟ تمہاری سہیلی!"

"ہاں! ہے نا پیاری......؟" لالی خوش ہو کر بولی۔

"وہ تو بکری ہے۔" راجہ بُجھے بُجھے انداز سے بولا۔

"وہ صرف بُوبُو ہے۔ اُسے بکری مت بولو۔" لالی بُرا مان گئی۔

"اسے ہی جب سے سہیلی کہہ کہہ کر اس کے گُن گا رہی تھیں!" راجہ مُنہ ٹیڑھا کر کے بولا۔

"خوبصورت ہے...... گوری چِٹی ہے...... ہُنھ!"

لالی ناراض ہو گئی۔ رُہانسی ہو کر بولی" موتی تمہارا دوست ہو سکتا ہے تو لالی میری سہیلی کیوں نہیں ہو سکتی؟"

"کہتی تو تم ٹھیک ہو!" راجہ نے اپنی غلطی تسلیم کرتے ہوئے کہا۔ "چلو بُلاؤ بُوبُو کو۔ ہمارا تعارف کراؤ۔ آج سے ہم چاروں دوست ہیں۔"

ایک بنگلہ بنے نیارا

چاروں دوست گاؤں میں پہنچے۔ مکانات ملبے کا ڈھیر بنے پڑے تھے۔ کہیں دیوار سلامت تھی کہیں چھپّر۔ کہیں کوئی ستون کھڑا رہ گیا تھا تو کہیں مٹی کے برتن بکھرے پڑے تھے۔ انھوں نے ایک ایسے مکان میں پناہ لی جہاں سر چھپانے بھر کی جگہ بچ گئی تھی۔ لالی نے ننھے ننھے ہاتھوں سے کمرہ صاف کیا۔ بُو بُو نے کچرا پھینکنے میں مدد کی۔ راجہ اور موتی کنوئیں سے پانی نکال کر لائے۔ سب نے نہا کر تکان اُتاری۔ تب تک بُو بُو کے سوا سب کو زوردار بھوک لگ آئی تھی۔ بُو بُو جنگل میں پیٹ بھر چارا کھا چکی تھی...... راجہ اور موتی کو چار و ناچار جنگل میں واپس جانا پڑا۔ جنگلی پھل لے کر وہ لوگ لوٹے۔ کھا پی کر چاروں پھر کام میں جُٹ گئے...... رات ہوئی تو پھر پھل کھائے اور گھوڑے بیچ کر سو گئے۔

آدھی رات کے قریب لالی ڈر کر جاگ گئی اور امّاں امّاں پکار کر رونے لگی۔ موتی کی نیند کُھل گئی...... وہ لالی کو تسلّی دینے لگا...... بولا:

"لالی بی بی ڈرو نہیں
ڈر کر تم یوں روؤ نہیں
موتی پہرے پر ہے بیٹھا
ڈر کی بات کرو نہیں۔"

مگر لالی روتی رہی۔ اُسے ماں کی یاد آ رہی تھی۔ موتی نے راجہ کو

جگایا۔ راجہ اُٹھ کر لالی کے پاس آیا۔ اُسے تھپکیاں دے کر سُلاتا ہُوا بولا "مت رو لالی۔ مت رو۔ امّاں نہیں ہیں تو کیا ہوا؟ میں ہوں نا۔ تمہارا بڑا بھائی ہوں میں...... موتی ہے۔ بُوبُو ہے...... پھر کاہے کا ڈر!...... سو جاؤ......"

سسکتے سسکتے لالی سو گئی۔ راجہ اور موتی بھی لیٹ گئے۔

گھومتے گھومتے رات کو دو پریاں اُدھر آ نکلیں۔ ایک کا نام تھا ستارہ پری اور دوسری کا نام تھا چاندنی پری۔

ستارہ پری چمکدار جھلمل کپڑے پہنے ہوئی تھی۔ وہ چمک چمک کر بولتی تھی اور عجلت میں کوئی بھی فیصلہ کر لیتی تھی۔ چاندنی پری کا لباس دُودھ جیسا سفید تھا۔ وہ نرم لہجے میں آہستہ آہستہ گفتگو کرتی تھی اور بہت سوچ سمجھ کر کسی فیصلے پر پہنچتی تھی۔

بچّوں کو دیکھتے ہی، اپنی عادت کے مطابق ستارہ پری فوراً بول اُٹھی...... "یہ بچّے! لگتا ہے اکیلے ہیں بالکل۔ مگر کب تک زندہ رہیں گے؟ بھوک پیاس سے جلد ہی دَم توڑ دیں گے...... یہ بھی ہو سکتا ہے کہ جنگلی جانوروں کا لقمہ بن جائیں۔"

"ایسی بات مُنہ سے نہ نکالو بہن۔ اچھّی بات بولو۔" چاندنی پری اُسے روک کر بولی۔ "ہم ان کی زندگی۔ موت کا فیصلہ سُنانے والے کون؟ زندگی اوپر والا دیتا ہے، جان بھی وہی لیتا ہے۔ کوئی اپنی مرضی سے جیتا ہے نہ مرتا ہے۔"

"یہ تو میں بھی مانتی ہوں کہ سب کچھ اوپر والے کی مرضی سے ہوتا ہے۔" ستارہ پری نے کہا۔ "مگر تم دیکھ رہی ہو۔ گاؤں میں کوئی نہیں بچا۔

آخر کس کے سہارے جیں گے یہ؟"

"اب عقل مندی کی بات کی تم نے۔ اوپر والا ہم جیسوں کو لاچار بندوں کی مدد کے لیے بھیجتا ہے۔ آؤ۔ ہم ان کی سب سے اہم ضرورت کو پورا کردیں۔ جنگلی پھلوں اور قندوں سے پیٹ نہیں بھرتا۔ ہم ان کو کھانے پینے کی چیزیں مہیا کرائیں گے۔"

ستارہ اور چاندنی پری نے مکان کے پچھلے حصّے کی ایک چھوٹی کوٹھری صاف کی اور اُسے اناج اور کھانے کی دوسری چیزوں سے بھر دیا اور سویرے کا اُجالا ہونے سے پہلے وہ اپنے ملک پرستان لوٹ گئیں۔

صبح راجہ اور لالی سو کر اٹھے تو ایک نئی دُنیا اُن کے سامنے تھی۔ بڑا ہونے کی وجہ سے راجہ اپنی ذمّہ داری خوب سمجھ رہا تھا۔ وہ اس فکر میں تھا کہ کھانے کا مسئلہ کیسے حل ہوگا؟ جنگلی جانوروں سے حفاظت کا کیا طریقہ ہوگا؟ یہی سب سوچتے ہوئے وہ مکان کے اطراف میں گھوم رہا تھا۔ پچھواڑے ایک کوٹھری پر اس کی نظر پڑی۔ اُس میں قفل لگا ہوا تھا۔ راجہ نے سوچا۔ "رات کو یہ کوٹھری ہمیں نظر کیوں نہیں آئی؟"

پھر خود ہی یہ سوچ کر اپنے آپ کو مطمئن کر لیا کہ ہو سکتا ہے تکان کی وجہ سے ہم لوگوں نے دھیان نہ دیا ہو۔ اُس نے آگے بڑھ کر قفل کو ہاتھ لگایا۔ وہ کُھل گیا۔

اندر پہنچا تو حیرت سے اُس کی آنکھیں پھٹ گئیں۔ وہ زور سے چلّایا "لالی...... اِدھر آؤ۔ موتی...... ٹومُو...... کہاں ہو؟ جلدی آؤ۔ دیکھو یہاں کیا ہے؟"

لالی دوڑی دوڑی پہنچی تو راجہ کو ٹکٹکی لگائے کوٹھری میں دیکھتے دیکھا۔ ”کیا ہے بھیّا؟ کیوں چلا رہے ہو؟ ایسا کیا دیکھ لیا ہے؟“

”لالی دیکھو......اندر دیکھو۔ اناج کا ذخیرہ ہے اندر۔“

لالی بھی حیران رہ گئی۔ بولی ”یہ سب کہاں سے آیا بھیّا؟ کیا سیلاب کا پانی یہاں تک نہیں پہنچا؟“

”پانی پہنچا تو تھا۔ ورنہ گھر کیوں گر جاتا؟ کسی کرشمے سے یہ ذخیرہ محفوظ رہ گیا ہے۔ شاید ہمارے ہی لیے۔“ راجہ نے اپنی سمجھ کے مطابق دلیل دی۔

بُو بُو بولی......”میں......میں۔ راجہ صحیح کہہ رہا ہے۔ یہ ہمارے لیے ہی ہے۔“

موتی نے ہاں میں ہاں ملاتے ہوئے کہا...... ”بھوں......بھوں۔ ہمارے بڑے بوڑھے کہتے تھے کہ اوپر والا پیدا کرتا ہے تو رزق بھی وہی مہیّا کراتا ہے۔ زندگی دیتا ہے تو زندہ رہنے کے وسائل بھی بہم پہنچاتا ہے۔“

راجہ نے موتی کو پیار کرتے ہوئے کہا ”اور کیا کہتے تھے تمہارے بزرگ؟ بزرگوں کی باتیں بڑے کام کی ہوتی ہیں۔“

موتی نے ہنس کر کہا ”میرے دادا کی زبان پر تو ہمیشہ یہ سطور رہتی تھیں:

اُس کی نظر میں کوئی
چھوٹا ہے نہ بڑا ہے
سب کو وہ پالتا ہے
اللہ بہت بڑا ہے“

"سچ کہتے ہو موتی۔" بُوبُو نے تائید کی پھر لالی سے بولی "چلو، اب ہم دونوں باورچی خانہ سنبھالیں۔ اُدھر ایک چولہا بنا ہوا ہے۔ ہم دونوں مل کر کھانا بنائیں گے۔ راجہ اور موتی، تم دونوں پھٹا پھٹ لکڑیاں چُن لاؤ۔ آگ جلانے کے لیے۔ دو پتھر بھی ڈھونڈ لانا۔"

راجہ اور موتی لکڑیاں لے کر آئے تب تک چولہا صاف کر لیا گیا تھا۔ لالی ایک طرف خاموش کھڑی تھی۔ راجہ نے پوچھا "کیا ہوا لالی۔ اس طرح گم سُم کیوں کھڑی ہو؟ کیا پھر اماں کی یاد آ رہی ہے؟"

"بھیّا مجھے...... مجھے......" لالی رونے لگی۔

"کیا ہوا؟...... کیا ہوا؟" راجہ گھبرا گیا۔ لالی کچھ نہ بولی۔ روتی رہی۔ موتی اور بُوبُو بھی وہیں آ گئے۔ راجہ پوچھنے لگا "اماں کی یاد آ رہی ہے؟ پیٹ درد کر رہا ہے؟ بھوک لگی ہے...... ارے بابا کچھ تو بول۔ کیا ہو رہا ہے؟"

لالی 'نا' میں سر ہلاتی رہی پھر آہستہ سے بولی "مجھے کھانا بنانا نہیں آتا۔"

راجہ زور زور سے ہنسنے لگا...... "بس! اتنی سی بات کے لیے رو رہی ہو؟ ہا...... ہا...... ہا۔ سُنا تم نے موتی؟ سُنا تم نے بُوبُو؟ لالی کو کھانا بنانا نہیں آتا اس لیے وہ رو رہی ہے۔ ارے پگلی! تمہیں نہیں آتا تو کیا ہوا؟ مجھے کھانا بنانا آتا ہے۔ کھچڑی بنانا جانتا ہوں میں۔ چل۔ تو جلدی سے دال چاول نکال لا۔ چُننا تو آتا ہے نا؟ کہ وہ بھی نہیں آتا؟"

'ہاں' میں سر ہلا کر لالی جلدی سے کوٹھری میں گئی۔ دال چاول نکال لائی۔ تب تک بُوبُو نے چولہا جلا لیا تھا۔ راجہ اور لالی نے دال چاول دھو کر

چولہے پر چڑھا دیے اور ایک طرف بیٹھ گئے۔

"میں...... میں......" بُو بُو گلا کھنکار کر بولی "نمک نہیں ڈالو گے کھچڑی میں؟"

لالی نمک لے کر آئی اور کھچڑی میں ڈال دیا۔ بُو بُو نے پھر کہا "میں میں...... کھچڑی میں ہلدی بھی ڈالی جاتی ہے۔ نہیں تو رنگ کیسے آئے گا؟"

لالی نے ہلدی ڈال دی۔ کچھ دیر بعد موتی آسمان کی طرف منہ اُٹھا کر بولا "بھوں...... بھوں...... میرا خیال ہے تیل ڈالنے سے کھچڑی کا ذائقہ اچھا ہو جاتا ہے۔"

لالی بولی "بھئی۔ ایک بار ہی بول دو اور کیا کیا ڈالنا ہے۔ کوٹھری میں بار بار آنے جانے سے میرے پاؤں دُکھتے ہیں۔" سب ہنسنے لگے۔

تیل بھی ڈال دیا گیا۔ کوئی دس مرتبہ لالی اور راجہ نے ہنڈیا کھول کھول کر دیکھی۔ کسی طرح کھچڑی تیّار ہوئی۔ سب نے آدھی کچّی آدھی پکّی کھچڑی مزے لے لے کر کھائی۔

راجہ اور لالی نادان تھے۔ کبھی انہوں نے نہیں سوچا کہ کھانے پینے کا سامان کون پہنچا گیا ہے؟ اور پھر وہ کم بھی نہیں ہو رہا تھا۔ بچّے تھے۔ کھا پی کر، کھیل کود کر دِن گذار رہے تھے۔

ایک روز موتی نے کہا "بھوں...... بھوں...... راجہ! دوست چلو ہم سب مل کر ایک نیا گھر بنائیں۔ اپنا گھر...... اپنی محنت سے بنایا گھر۔"

"کیا ضرورت ہے نئے گھر کی؟ یہ گھر ہے تو اپنے پاس۔ اِسے ہم نے رہنے لائق تو بنا ہی لیا ہے۔ یہاں جگہ کافی ہے۔ کنواں بھی نزدیک ہے۔"

راجہ نے کوئی خاص جوش نہیں دکھایا۔

موتی نے کہا "کسی دن گاؤں والے لوٹ آئے تو؟ اس گھر کا مالک آگیا تو؟ وہ اپنا گھر لے لے گا۔ اُس وقت ہم کہاں جائیں گے؟"

"تم ٹھیک کہتے ہو۔" راجہ کو موتی کا مشورہ پسند آیا۔ لالی بھی پر جوش ہو اٹھی۔ سب نے مل کر اُجڑے ہوئے گاؤں سے دور ندی کے کنارے مکان کی بنیاد ڈالی۔ راجہ کے ذمے گڑھے کھودنے کا کام تھا۔ موتی اور بُوبُو کو مٹی اُٹھا کر پھینکنا تھا۔ لالی پرانے مکان سے بانس کھینچ کھینچ کر لارہی تھی۔

راجہ گڑھا کھودرہا تھا کہ اچانک ایک چوہا نکل کر بھاگا۔ موتی اُس کے پیچھے لپکا۔ چوہا گھوم کر راجہ کی ٹانگوں کے پاس آکر دُبک گیا۔ مِن مِناتی آواز میں بولا "چوں...... چیں...... چیں۔ مجھے بچاؤ۔ مجھے بچاؤ۔ تم نے میرا گھر اُجاڑ دیا ہے۔"

راجہ نے موتی سے کہا "رُک جاؤ موتی۔ اسے نہ کھاؤ۔ اس نے مجھ سے پناہ مانگی ہے۔"

موتی نے کہا "تم کہتے ہو تو چھوڑ دیتا ہوں۔"

راجہ نے چوہے کو ہاتھ میں اُٹھا کر پوچھا "ہمارے ساتھ رہو گے؟ ہم یعنی...... لالی، میں، بُوبُو اور موتی مل کر رہتے ہیں۔ ہم سب دوست ہیں۔ تم بھی ہمارے دوست بن جاؤ۔"

چوہا خوشی سے رونے لگا...... بولا "میں ضرور تم لوگوں کا دوست بنوں گا۔ مجھے ہمیشہ اپنے ساتھ رکھنا۔ میرا گھر تو اُجڑ گیا۔ اب تمہارے گھر کو میں اپنا گھر سمجھوں گا۔"

لالی سے کہنے بھر کی دیر تھی اس نے فوراً چوہے کا نام رکھ دیا ٹُر ٹُر۔
"آج سے سب اسے اسی نام سے پکاریں گے۔ ٹُر ٹُر ہمارا دوست ہے......"
لالی نے نعرہ لگایا۔ سب نے اس کا ساتھ دیا۔

کئی دنوں کی محنت کے بعد مکان بن کر تیار ہو گیا۔ ٹُر ٹُر نے گڑھے کھودنے میں، موتی نے لکڑیاں اکٹھی کرنے میں اور بُوبُو نے چھت کے لیے پتے جمع کرنے میں خصوصاً مدد کی تھی...... آہستہ آہستہ پرانے مکان سے تمام ضروری سامان نئے مکان میں منتقل ہو گیا۔ جس کے بنانے میں سب کی محنت شامل تھی۔

راجہ اور لالی اب چین سے رہنے لگے۔ کھیلتے کھیلتے تھک جاتے تو بیٹھ کر باتیں کرنے لگتے۔ راجہ اپنے موتی کی باتیں کرتا تو موتی اپنے مالک بلو کو یاد کرتا۔ پھر راجہ اور لالی اپنے اپنے ماں باپ کو یاد کرنے لگتے۔ راجہ کہتا "میرے ماں بابا مجھے بہت پیار کرتے تھے۔ کہتے تھے، جب ہمارا راجہ بڑا ہو جائے گا تو ہم اسے بادشاہ کے دربار میں بھیجیں گے۔ وہ وہاں ملازمت کرے گا...... خوب شان ہو گی ہمارے راجہ کی...... سچ مچ کا راجہ بنائیں گے اسے ہم...... لالی......" کچھ رُک کر راجہ نے پوچھا "تمھارے امّاں، بابا بھی تمھیں پیار کرتے تھے؟"

"بے وقوف ہو تم!" بُوبُو نے درمیان میں ٹوک کر کہا۔ "ہر ماں اپنے بچے کو پیار کرتی ہے۔ ہر باپ اپنے بچے کو چاہتا ہے۔ ماں باپ اپنے بچوں کو آرام پہنچانے کے لیے خود تکلیف اُٹھاتے ہیں، مشکلات کا سامنا کرتے ہیں۔ انھیں اچھا کھلانے پلانے پہنانے اُڑھانے کے لیے محنت کرتے

ہیں۔ بچوں کو میٹھی نیند سلانے کے لیے خود راتوں کو جاگتے ہیں...... پھر لالی سے ایسا سوال کیوں پوچھتے ہو؟"

"سچ کہتی ہو تم! میرے ماں بابا سیلاب میں ختم نہ ہو جاتے تو میں ان کی بہت خدمت کرتا۔" راجہ نے دُکھی ہو کر کہا۔ "ان کے کام میں ہاتھ بٹاتا۔ رات کو ان کے پاؤں دباتا...... مگر وہ تو رہے نہیں۔ میں صرف ان کو یاد کر سکتا ہوں۔"

"دکھی مت ہو بھیّا۔ تمھیں کم سے کم اِن لوگوں کی یاد تو ہے۔ مجھے تو اب امّاں کا چہرہ بھی یاد نہیں آتا۔ بُو بُو سچ کہتی ہے۔ امّاں مجھے بہت پیار کرتی تھیں۔ وہ میرے لیے بہت روتی ہوں گی۔ مجھے تلاش کرتے کرتے تھک گئی ہوں گی۔"...... لالی کی آنکھیں بھر آئیں۔ "نہ رو لالی۔ جب ہم بڑے ہو جائیں گے تب ضرور تمہاری امّاں کو ڈھونڈ نکالیں گے۔"

راجہ نے لالی کو بہلایا اور وہ یوں بہل گئی جیسے واقعی راجہ اسے اس کی امّاں سے ملا دے گا۔

ننّھے ہاتھوں کا کمال

ایک روز جنگل میں گھومتے گھومتے لالی ٹھٹک کر کھڑی ہو گئی۔ ایک طرف اشارہ کر کے بولی "بھیا۔ کیا تم ان بانسوں کو توڑ سکتے ہو؟"

راجہ نے بانس کے جھنڈ کو نظروں میں بولا۔ پھر کہا "ہاں، شاید توڑ

سکتا ہوں۔"

"تم ان بانسوں کو کاٹ کر ان کی پتلی پتلی کھپچیاں بنا دو تو میں ان سے خوبصورت ٹوکریاں بناؤں گی۔ ایسی ٹوکریاں کہ تم دیکھتے رہ جاؤ گے۔"

"تمہیں ٹوکریاں بنانا آتا ہے؟" راجہ نے حیرت سے پوچھا۔

"میری اماں بناتی تھیں۔ گاؤں میں سب بناتے تھے۔ کوشش کروں تو یقیناً میں بھی بنالوں گی۔ میں اماں کو بناتا ہُوا دیکھتی تھی نا!" لالی نے خود اعتمادی سے کہا۔

"ٹھیک ہے۔ میں کھپچیاں بنا دوں گا۔ مگر ہم ٹوکریوں کا کریں گے کیا؟" راجہ سمجھا کہ لالی کھیل کھیل میں ٹوکریاں بنائے گی۔

"میں ٹوکریاں بناؤں گی تم بازار میں بیچ آنا۔ جو پیسے ملیں گے اس سے ضرورت کا سامان خریدیں گے۔ وقت کا بہتر استعمال ہو گا۔"

"ہماری ضرورت کا سامان تو ہمیں اپنے آپ مل جاتا ہے۔ محنت کرنے کی بھلا کیا ضرورت ہے؟" راجہ سمجھ نہیں پا رہا تھا کہ لالی کیوں یہ جھنجھٹ مول لینا چاہتی ہے۔

"میں...... میں...... لالی ٹھیک کہہ رہی ہے۔" بُوبُو نے کہا "ہمیں صرف اپنی محنت کی کمائی کھانا چاہیے۔ ہاتھ پاؤں ہلانے سے جسم چاق وچوبند رہتا ہے...... اور پھر لالی کو کوئی ہنر آتا ہے تو ہمیں اس کی حوصلہ افزائی کرنی چاہیے...... میں بھی لالی کی مدد کروں گی۔"

لالی نے جلد ہی ٹوکریاں پنکھے وغیرہ بنانے میں مہارت حاصل کرلی۔ راجہ اس کا ساتھ دیتا۔ سچ پوچھو تو ننھی سی جان مُرمُر کا ولولہ دیکھنے

سے تعلق رکھتا تھا۔ لالی جہاں کہتی وہاں وہ اپنے تیز دانتوں سے کتر کر ڈیزائن بنا دیتا۔ بانس کے چھوٹے چھوٹے ٹکڑے کرنے میں بھی وہ راجہ کی مدد کرتا۔ اسے دیکھ کر راجہ اور لالی آپس میں کہتے کہ چھوٹی سی جان کتنے بڑے بڑے کام کرتی ہے۔ اسی لیے کہتے ہیں کہ کبھی کسی کو حقیر نہیں سمجھنا چاہیے۔

جب بہت ساری ٹوکریاں اور پنکھے بن گئے تو راجہ نے کہا "موتی! کل ہم نزدیک کے شہر میں جائیں گے اور ٹوکریاں فروخت کر آئیں گے...... مگر ایک بات ہے ہمیں یہ کیسے معلوم ہو گا کہ ایک ٹوکری کتنے میں بِکی جائے؟...... یعنی ایک ٹوکری کی قیمت کیا ہو؟"

"میں...... میں...... اس کی ترکیب میں بتاتی ہوں۔" بُو بُو نے کہا۔

"جب تم شہر کے دروازے کے پاس پہنچو تو وہیں ٹھہر جانا۔ پہلے موتی شہر میں داخل ہو گا...... موتی، تم شہر میں گھوم پھر کر سب چیزوں کے بھاؤ معلوم کرنا اور راجہ کو بتا دینا...... راجہ اسی حساب سے ٹوکریاں فروخت کرے گا...... اور ہاں راجہ......" بُو بُو نے راجہ کو آگاہ کیا "نئے لوگوں سے زیادہ میل جول مت بڑھانا۔ پہچان ہوتے ہی کسی کو اپنا پتہ ٹھکانا بتانے نہ بیٹھ جانا۔ شہر میں ٹھگ ہوتے ہیں۔ باتوں کے جال میں پھنسا کر سادہ لوح لوگوں کو لوٹ لیتے ہیں۔ پیار جتا کر دشمنی کرتے ہیں۔ موتی، تم سائے کی طرح راجہ کے ساتھ لگے رہنا۔ رات زیادہ ہو گئی ہے۔ ٹوکریاں اور پنکھے گن کر رکھ لو۔ جس چیز کی بازار میں زیادہ مانگ ہو گی وہی ہم زیادہ تعداد میں بنائیں گے...... ہمیں اپنا فائدہ جس میں نظر آئے وہی کرنا ہو گا......اب سو جاؤ۔ مُنہ اندھیرے ہی اُٹھ کر چل دینا۔"

راجہ نے ٹوکریوں کو گن کر اچھی طرح باندھ دیا۔ پنکھے لالی نے پہلے ہی باندھ رکھے تھے۔

آدھی رات کے بعد چاندنی پری اور ستارہ پری گھومتی ہوئی اُدھر آنکلیں۔ وہ پہلے پرانے مکان کی طرف گئیں۔ وہ اُجاڑ پڑا تھا۔ چاروں طرف اندھیرا تھا۔ ستارہ پری چھوٹتے ہی بولی "دیکھا۔ آخر وہی ہوا نا، جس کا ڈر تھا۔ جنگلی جانوروں نے بچّوں کو کھالیا۔"

"نہیں، ایسا نہیں ہُوا ہوگا۔" چاندنی پری نے چاروں طرف نظریں دوڑاتے ہوئے کہا۔

"تو پھر بھوک سے مر گئے ہوں گے۔ اگر وہ زندہ ہوتے تو دکھائی نہ دیتے؟ بیچارے بچّے! میں پہلے ہی کہتی تھی کہ ان کا بچنا مشکل ہے۔" ستارہ پری نے افسوس سے کہا۔

"بھوک سے تو ہرگز نہیں مر سکتے۔ ہم نے اس کا انتظام کر دیا تھا...... آہا...... اُدھر دیکھو وہاں چراغ جل رہا ہے۔ چل کر دیکھیں۔ وہاں جو بھی ہوگا اس سے بچّوں کے بارے میں پوچھیں گے۔"

دونوں اُڑ کر وہاں پہنچیں۔ چاندنی پری خوشی سے بے خود ہو کر بولی "......دیکھو...... یہ رہے راجہ اور لالی...... موتی بھی ہے...... بُوبُو بھی ہے اور ......اور ایک نیا فرد بھی ہے...... وہ ننھا سا چوہا! ستارہ بہن۔ تم نے تو میری جان ہی نکال دی تھی۔ بغیر سوچے سمجھے کوئی بات مُنہ سے نہیں نکالنی چاہیے۔"

ستارہ پری شرمندگی سے سر جُھکا کر بولی "سچ بہن۔ یہ بچّے بڑے

حوصلہ مند ہیں۔ انھوں نے نیا مکان بنالیا ہے...... وہ اُدھر دیکھو کونے میں ٹوکریاں رکھی ہیں...... بچے کام بھی کرنے لگے ہیں۔ مجھے ان کے بارے میں منحوس بات نہیں کہنی چاہیے تھی۔"

"خیر چھوڑو۔" چاندنی پری اسے دلاسا دیتی ہوئی بولی "سب کچھ تو ویسے ٹھیک چل رہاہے مگر ایک بات ہے......"

"کیا؟" ستارہ پری نے دلچسپی سے پوچھا۔

"راجہ اور لالی کے کپڑے پھٹنے لگے ہیں۔" چاندنی پری نے فکر مند ہو کر کہا۔ "راجہ نے تو درخت کی چھال لپیٹ رکھی ہے۔ وہ اُدھر اس کے کپڑے سوکھ رہے ہیں۔ شاید کل شہر جانے کی تیّاری ہے۔"

"تو چلو۔ ہم ان کے لیے یہاں کپڑے رکھ دیں۔ چَم چَم کرتے جھلملاتے کپڑے...... موتیوں سے جڑے جوتے اور پھولوں سے سجے رومال رکھ دیں۔" ستارہ پری زور سے بولی۔

"بہن ستارہ! تم تو بات پکڑ لیتی ہو۔ ہم ان لوگوں کو سب کچھ آسانی سے مہیا کرادیں گے تو ان کی محنت کرنے کی عادت چھوٹ جائے گی۔ ہمیں ان کی مدد کرنا ہے۔ انہیں کاہل نہیں بنانا ہے۔" چاندنی پری نے کہا۔

"مگر پہلے بھی ہم نے انہیں کھانے پینے کا سامان دیا ہے۔ اب بھی دے رہے ہیں۔ پھر کپڑے دینے میں کیا بُرائی ہے؟" ستارہ پری نے سادگی سے کہا "ہمارا کام ہے اچھے بچّوں کی مدد کرنا۔ اس سے وہ کام چور کیسے بن جائیں گے؟"

"تب کی بات اور تھی۔ اب راجہ اور لالی سب کچھ اپنی محنت سے

حاصل کریں گے۔ راجہ بازار میں ٹوکریاں فروخت کر کے ملنے والے پیسوں سے کپڑے خرید کر لائے گا۔ میں راجہ کے خواب میں جا کر یہ بات اس کے ذہن میں ڈال دیتی ہوں۔ تم یہیں ٹھہرو۔ میں یوں گئی اور یوں آئی۔"

چاندنی پری راجہ کے خواب میں چلی گئی۔ کچھ سوچ کر ستارہ پری لالی کے خواب میں جا پہنچی اور چاندنی پری کے آنے سے پہلے واپس بھی آگئی...... پھر دونوں پرستان روانہ ہو گئیں۔

رات کے تیسرے پہر بُوبُو لالی کے پاس پہنچی اور اسے جگانے لگی...... "میں...... میں...... لالی اُٹھو......"

"اُوں اُوں۔ سونے دو۔ مجھے نیند آرہی ہے۔" لالی نیند میں بولی۔

بُوبُو نے دھیرے دھیرے سہلا کر اسے جگا ہی دیا۔ "کیا ہے بُوبُو؟ ابھی تو سب طرف اندھیرا ہے۔ کیوں جگا دیا مجھے؟" لالی آنکھیں ملتی ہوئی بولی۔

"لالی۔" بُوبُو نے پیار سے کہا۔ "راجہ اور موتی سویرے شہر جائیں گے تو رات کو ان کی واپسی ہو گی۔ انہیں راستے کے لیے کھانا بنا کر نہیں دو گی؟ بھوکے پیاسے وہ کیسے سفر کریں گے؟"

لالی کی نیند غائب ہو گئی۔ اس نے بُوبُو کو پیار سے سہلاتے ہوئے کہا...... "اوہ! بُوبُو، تم کتنی اچھی ہو! سب کا خیال رکھتی ہو۔"

لالی اور بُوبُو کام میں لگ گئیں۔ سفر کے لیے ناشتہ تیار ہو گیا تو بُوبُو نے راجہ اور موتی کو جگا کر تیار ہو جانے کے لیے کہا۔ راجہ ندی پر سے نہا کر واپس آیا تو بولا "جانتی ہو لالی، رات میرے خواب میں ایک پری آئی تھی۔"

"پری!" لالی چونک اُٹھی "پری تو میرے خواب میں آئی تھی۔ میں تمہیں بتانے والی ہی تھی۔"

"نہیں، میرے خواب میں آئی تھی۔ میں اپنے خواب کی بات کر رہا ہوں۔" راجہ نے کہا۔

"نہیں، میرے خواب میں آئی تھی۔" لالی ضد کرتی ہوئی بولی۔

"اچھا۔ بولو تو بھیا! کیسی تھی وہ پری؟ ہو سکتا ہے ہم دونوں نے ایک ہی خواب دیکھا ہو۔"

"سفید دودھ جیسا لباس پہنے تھی۔ بہت خوبصورت تھی۔" راجہ نے کہا۔

"پری تو میرے خواب والی بھی خوبصورت تھی مگر اس نے جھلمل ستاروں والے کپڑے پہن رکھے تھے۔" لالی یاد کر کے بولی...... "اس نے تم سے کیا کہا بھیا؟"

"اس نے کہا...... اس نے کہا...... نہیں میں کیوں بتاؤں؟" راجہ اسے ستاتا ہوا بولا۔

"پری نے تم سے بتانے کو تو نہیں کہا تھا۔"

"نہ بتاؤ۔" لالی روٹھ کر بولی "میں بھی تمہیں نہیں بتاؤں گی کہ پری نے مجھ سے کیا کہا؟ حالانکہ اس نے تو مجھ سے کہا تھا کہ یہ بات اپنے بھیا کو بھی بتا دینا۔"

"ناراض نہ ہو لالی۔ میں شہر سے لوٹ کر تمہیں بتا دوں گا۔" راجہ نے نرم پڑ کر کہا۔

"تو میں بھی شام کو بتادوں گی۔" لالی نے ہنس کر کہا۔

راجہ اور موتی شہر چلے گئے۔ لالی اُداس ہو گئی۔ اُس کا دِل کسی کام میں نہیں لگ رہا تھا۔ آج پہلی بار اُسے تنہا چھوڑ کر راجہ کہیں گیا تھا۔ بُو بُو اس کا دل بہلانے کی کوشش کرتی رہی...... اسے سمجھاتی رہی کہ راجہ شہر نہیں جائے گا تو ٹوکریاں کیسے فروخت ہوں گی؟ ٹوکریاں نہیں فروخت ہوں گی تو خرچ کے لیے پیسے کہاں سے آئیں گے۔ ضرورتیں کیسے پوری ہوں گی...... اچانک لالی کو خواب کی بات یاد آ گئی......

"بُو بُو، جلدی چل۔ میں تو بھول ہی گئی۔ پری نے مجھے ایک کام بتایا تھا......"

لالی جنگل کی طرف دوڑ پڑی بُو بُو اس کے پیچھے تھی۔ "ٹُرٹُر...... گھر کا خیال رکھنا۔ میں ابھی آئی۔" جاتے جاتے پکار کر لالی ٹُرٹُر کو ہدایت دے گئی۔ ٹُرٹُر کا جواب بھی اس نے نہیں سُنا۔

شام کو راجہ اور موتی شہر سے لوٹ آئے۔ راجہ دور ہی سے پکار کر بولا "لالی، دیکھو، میں تمہارے لیے کیا لایا ہوں۔"

لالی نے لپک کر گٹھری کھولی۔ اس میں کپڑے تھے۔ خوبصورت لال پیلے رنگوں والے۔ ایک گڑیا بھی تھی۔ راجہ اپنے لیے ایک اور لالی کے لیے دو جوڑے کپڑے لایا تھا۔ لالی کے خوشی سے دمکتے چہرے کو دیکھ کر راجہ نے کہا "پری نے رات کو خواب میں مجھ سے یہی تو کہا تھا کہ اپنی بہن کے لیے بازار سے اچھے کپڑے لاؤ۔"

لالی دوڑتی ہوئی اندر گئی۔ واپس آئی تو اس کے ہاتھ میں رنگین

پروں والی ایک چھوٹی سی چڑیا تھی"...... یہ دیکھو بھیا۔"

"اوہ! کتنی پیاری ہے یہ! کہاں سے لے آئیں؟" راجہ اُسے ہاتھ میں لیتا ہُوا بولا...... "ارے یہ تو زخمی ہے۔ کیسے؟ کہاں چوٹ لگ گئی اس ننھی سی جان کو۔"

لالی نے کہا "رات کو جو پری میرے خواب میں آئی تھی۔ اس نے مجھ سے کہا 'اُدھر جنگل میں ایک درخت گر گیا ہے۔ اس پر بہت سے پرندوں کے گھونسلے تھے۔ تم وہاں جاؤ۔ شاید کسی کو تمہاری مدد کی ضرورت ہو۔ میں بُوبُو کے ساتھ وہاں گئی۔ بہت سے پرندے درخت کی شاخوں میں پھنسے ہوئے تھے۔ انہیں آزاد کرایا۔ تین خرگوشوں کو رہائی دلائی...... ایک سانپ کو بھی نکالا بھیّا۔"

"چیں...... چیں...... چوں...... سانپ کو بھی نکالا؟ ڈر نہیں لگا لالی؟" ترتر نے پوچھا۔ سانپ کے نام سے اس کی جان نکلتی تھی۔

"ہاں لالی۔ سانپ سے ڈر نہیں لگا تمہیں؟" راجہ نے بھی کہا۔

"سچ پوچھو تو سانپ کو دیکھ کر میں وہاں سے سر پر پیر رکھ کر بھاگنے والی تھی۔" لالی نے اس لمحے کو یاد کر کے لرزتے ہوئے کہا "مگر بُوبُو نے مجھے روکا۔ کہا 'جو خود مصیبت میں گرفتار ہو وہ دوسروں کو کیا تکلیف پہنچائے گا؟ مصیبت میں پھنسے جانداروں کی ہمیں مدد کرنی چاہیے۔' بس میں نے اور بُوبُو نے مل کر ایک لمبی لکڑی کی مدد سے سانپ کو آزاد کر دیا۔"

"اور یہ! یہ رنگین کھلونا کہاں ملا؟" راجہ نے کہا۔ اس کا اشارہ چڑیا کی طرف تھا۔

"یہ...... یہ پہلے تو ہمیں دکھائی ہی نہیں دی۔ جب ہم لوٹنے لگے تو بیچاری پورا زور لگا کر چلّائی۔" لالی نے چڑیا کو پیار کرتے ہوئے کہا "اچھا ہوا جو ہم نے اس کی پکار سُن لی۔ بہت زخمی تھی۔ ہم اسے اپنے ساتھ لے آئے۔ بُو بُو کے کہنے پر میں نے اس کی چوٹوں پر ہلدی لگائی۔ یہ ٹھیک ہو جائے گی نا بھیا؟ دیکھو تو...... کتنی پیاری ہے!"

"کیوں نہیں۔ ضرور اچھی ہو جائے گی۔ پھر یہ چاہے گی تو ہم اسے اپنے دوستوں میں شامل کرلیں گے۔" راجہ نے کہا "تم اس سے پوچھ لینا۔"

"میں نے پوچھ لیا ہے۔ یہ ہمارے ساتھ ہی رہے گی۔"

"تو پھر اس کا کوئی نام رکھ دیں۔ رنگیلی نام رکھیں یا گوری یا مُنیا؟" راجہ سوچتا ہوا بولا۔

لالی کِھلکِھلا کر بولی "بھیّا۔ میں نے اس کا نام رکھ دیا ہے ...... چلبل...... چلبل...... دیکھو۔ اپنا نام پہچاننے لگی ہے۔ میں نے پکارا تو میری طرف دیکھا اس نے...... دیکھا نا بھیّا...... میری پیاری چلبل۔" لالی نے اس کا مُنہ چوم لیا۔

لالی کی خوشی میں سب نے اس کا ساتھ دیا۔ موتی اُچھلتا ہُوا بولا "بھوں...... بھوں...... ٹرٹُر کے لیے اچھّا ساتھی مل گیا۔ مجھے بھی رنگیلی چھٹکی چلبل اچھّی لگی۔ اس خوشی میں ایک گیت سُناتا ہوں:

چلبل چڑیا آئی آئی
گھر میں خوشیاں لائی لائی

راجہ، لالی، بُو بُو، موتی
سب کے من کو خوب ہے بھائی"

موتی خوشی سے جھوم کر گانے لگا۔ سب نے سُر میں سُر ملایا۔ چلبل کی آنکھوں میں آنسو آگئے۔ کہاں تو وہ سمجھی تھی کہ زندگی ختم ہو گئی۔ مگر یہاں کتنے اچھے اور پیارے لوگوں میں وہ آگئی تھی۔ اس نے دل ہی دل میں خدا کا شکر ادا کیا۔

اس طرح خاندان بڑا ہوتا گیا۔

مَوت آگئی

راجہ شہر کیا جانے لگا نئی نئی باتیں سیکھ گیا۔ ایک دن بہت سی سبزیوں کے بیج لے آیا۔ آنگن صاف کر کے بیج بو دیے۔ جلد ہی کونپلیں پھوٹیں اور چاروں طرف لوکی، ترئی، کریلے، سیم کی بیلیں لہرانے لگیں۔ اب لالی کو کھانا بنانے کے لیے سبزی گھر ہی میں ملنے لگی۔ اناج اور دوسرا سامان راجہ شہر سے لے آتا۔

راجہ ہفتے میں دو دن شہر جاتا تھا۔ بقیہ دنوں میں لالی کے ساتھ ٹوکریاں بناتا۔ ایک دن ایک شوقین شخص نے اس کی تمام ٹوکریاں ایک ساتھ خرید لیں۔ بہت سا پیسہ ملا تو راجہ نے سب دوستوں کے لیے تحفے خریدے۔ لدا پھندا گھر پہنچا اور ایک ایک کو بُلا کر اس کا تحفہ دینے لگا...... "موتی اِدھر

آؤ۔" موتی کے قریب پہنچنے پر چمڑے کا خوبصورت پٹا نکال کر اس کے گلے میں باندھ دیا اور پوچھا "کیسا ہے؟"

"بہت اچھا" کہہ کر موتی پیچھے ہٹ گیا۔ اب راجہ نے ایک مالا نکالی اور لالی کو دی۔ "یہ بُوبُو کے لیے ہے۔ اس کے گلے میں پہنا دو۔"

بڑے بڑے موتیوں کی مالا تھی جس کے درمیان میں گھنگھرو لگے ہوئے تھے۔ لالی کے مالا پہناتے ہی بُوبُو خوشی سے اِدھر اُدھر دوڑنے لگی۔ گھنگھروں کی آواز سب کو اچھی لگ رہی تھی...... "میں...... میں...... شکریہ! راجہ شکریہ۔ مجھے تمہارا دیا ہوا تحفہ پسند آیا۔" بُوبُو نے خوشی سے اُچھلتے اُچھلتے کہا۔

"ٹُرٹُر! ادھر آؤ۔" راجہ نے پکارا تو ٹُرٹُر لپک کر اس کے پاس پہنچا جیسے انتظار ہی کر رہا ہو۔ راجہ اور لالی نے مل کر اس کے چاروں پیروں میں ننھے ننھے گھنگھرو باندھ دیے۔ وہ بھی ناچ ناچ کر راجہ کا شکریہ ادا کرنے لگا۔

اب رہ گئی تھی چلبل۔ اس کے پنجوں میں ڈالنے کے لیے راجہ چاندی کے چھلے لایا تھا۔ سب سے چھوٹا تھا اس کا تحفہ۔ مگر سب سے زیادہ قیمتی تھا۔ چلبل کی خوشی کا ٹھکانہ نہ تھا۔ بار بار ہَوا میں اُڑ کر پنجے لسبائی میں تان دیتی اور چھلّوں کو دیکھنے لگتی۔

موتی مگن تھا۔ اس نے بُوبُو کا ہاتھ پکڑا اور ناچنے لگا۔ گا گا کر راجہ کے تئیں شکریے کا اظہار کرنے لگا۔ ٹُرٹُر اور چلبل بھی اس کا ساتھ دے رہے تھے۔ پہلے موتی گاتا پھر سب اس کے ساتھ دہراتے جاتے:

"راجہ بھیّا دل کے راجہ
خیال ہمارا رکھتے ہیں

بن کر سب کے بھیّا، بابا
تحفے لا کر دیتے ہیں"

جب وہ بار بار یہی گاتے رہے تو لالی کا مُنہ اُتر گیا۔ اُس کے ہونٹوں پر سے ہنسی غائب ہو گئی۔ وہ سوچنے لگی کہ یہ سب راجہ بھیّا کو چاہتے ہیں۔ ان ہی کے گُن گا رہے ہیں...... بوُبوُ کا دھیان اس کی طرف گیا۔ وہ فوراً سمجھ گئی کہ لالی کو راجہ سے حسد ہو رہا ہے۔ اس کا سوچنا ویسے غلط نہیں تھا۔ لالی بھی تو دن رات سب کے لیے کام کرتی ہے۔ سب کو پیار کرتی ہے...... بوُبوُ نے موتی کے کان میں کہا "میں...... میں...... لالی کا دل چھوٹا ہو رہا ہے۔ اس کے لیے بھی کچھ گاؤ۔"

"بھوں...... بھوں...... یہ کون سی بڑی بات ہے! ابھی لو۔" موتی نے چند لمحے سوچا اور گانا شروع کیا:

"لالی بی بی، دل کی رانی
کھانا سب کو دیتی ہیں
بن کر ہماری ماں اور باجی
لے کر ہم کو چلتی ہیں۔"

سب نے کورس میں دہرایا۔ بوُبوُ کی آواز سب سے اُونچی تھی۔ لالی کا مُرجھایا چہرہ کھل اُٹھا۔ وہ آہستہ آہستہ ہنسنے لگی۔ پھر اُٹھ کر سب کے ساتھ گول گول گھومنے لگی۔ راجہ بیٹھا تالیاں بجاتا رہا۔

ایک دن راجہ شہر گیا تو لالی بیٹھ کر گیہوں صاف کرنے لگی۔ چلبل اس کے پاس بیٹھی، پھینکے ہوئے دانوں کو کھا رہی تھی۔ اچانک ٹُرٹُر گرتا پڑتا

بھاگتا ہُوا آیا اور لالی کی گود میں چُھپ گیا۔

"کیا بات ہے ٹرٹُر؟" لالی نے اسے سہلایا "اتنے گھبرائے ہوئے کیوں ہو؟"

"چیں...... چیں...... مجھے بچاؤ لالی۔ میری موت آگئی ہے۔" ٹرٹُر لرزتا ہُوا بولا...... "میری موت نے مجھے دیکھ لیا ہے۔"

"تمہاری موت آگئی ہے...... موت نے دیکھ لیا ہے...... کیا بول رہے ہو؟" لالی کچھ سمجھی نہیں۔

"باہر جا کر دیکھو...... مگر نہیں۔ پہلے مجھے کہیں چُھپا دو، نہیں تو میں مر جاؤں گا...... لالی مجھے چُھپادو۔ آہ! میری موت...... موت آگئی۔"

لالی کو ہنسی بھی آئی اور تجسّس بھی ہُوا۔ ہنسی ٹرٹُر کی گھبراہٹ دیکھ کر آئی تو تجسّس ٹرٹُر کی موت کو دیکھنے کا ہُوا۔ اس نے ٹرٹُر کو ایک ڈبّے میں چُھپادیا اور باہر نکل کر اِدھر اُدھر نظریں دوڑانے لگی۔ بُوبُو چرتے چرتے شاید دُور نکل گئی تھی۔ اس نے چلبل کو پکارا "چلبل۔ ذرا ایک چکّر تو لگا۔ مجھے تو کوئی نظر نہیں آرہا۔ پتہ نہیں ٹرٹُر کس سے ڈر گیا ہے۔"

چلبل اُڑ گئی۔ ایک چکّر لگا کر آئی اور ایک طرف اشارہ کر کے بولی "وہاں ہے ٹرٹُر کی موت۔ وہ میری بھی موت بن سکتی ہے۔ جلدی سے جا کر اس کا علاج کرو۔"

"کون ہے وہاں؟ پہیلیوں میں بات کیوں کرتی ہو؟" لالی چڑ کر بولی۔ "سیدھے سیدھے بتاتی کیوں نہیں کہ کس کو موت کے نام سے پکار رہے ہو تم لوگ۔"

"تم ہی جا کر دیکھ لو...... مگر دبے قدموں جانا۔ میں چلی۔ میں بھی ٹرٹر کے پاس جا کر چھپ جاتی ہوں۔" چلبل اندر بھاگ گئی۔

ہار کر لالی دبے پاؤں جھاڑیوں کی طرف بڑھی جن کی طرف چلبل نے اشارہ کیا تھا۔ پاس پہنچ کر اندر جھانکا...... دو چمکتی ہوئی آنکھیں اسے اپنی طرف گھورتی ہوئی دکھائی دیں۔ وہ ڈر گئی۔ گھبرا کر پیچھے ہٹی ہی تھی کہ آواز آئی۔ "میاؤں!"

"اوہ! تو آپ ہیں!" لالی نے اطمینان کی سانس لی۔ "بلّی بیگم۔ باہر تشریف لائیے ذرا۔ آئیے...... آئیے۔" اس نے پچکارا تو ایک مریل سی بلّی باہر آگئی۔ لگتا تھا بہت دنوں سے کچھ کھانے کو نہیں ملا تھا اسے۔ بے حد دُبلی اور کمزور ہو گئی تھی۔ ہڈیاں نظر آرہی تھی۔ چال میں لڑکھڑاہٹ تھی۔

"تم بھوکی ہو؟" لالی کو اس پر رحم آگیا۔ وہ بھول گئی کہ وہ وہاں کس لیے آئی تھی۔

"میاؤں...... ہاں۔ بہت بھوکی۔" بلّی نے کہا۔

"تم ہی ابھی ٹرٹر کو کھانے دوڑی تھیں؟" لالی نے ذرا سختی سے پوچھا۔

"نہیں تو۔" بلّی نے سادگی سے کہا۔ "ہاں ایک چوہا ضرور دکھائی دیا تھا۔ اسے پکڑنے دوڑی تھی مگر نہ جانے کہاں غائب ہو گیا۔ میں بھوک سے کمزور ہو گئی ہوں نا۔ ورنہ میرے پنجوں سے بچ جانا محال ہی ہوتا۔"

"میں اسی کی بات کر رہی ہوں۔ ٹرٹر ہمارے دوست چوہے کا نام ہے۔ تم میرے ساتھ چلو۔ پہلے تمہیں کھانے کو کچھ دیتی ہوں۔"

لالی اسے لے کر گھر میں آئی۔ دودھ روٹی کھانے کو دی۔ وہ سیر

ہو کر کھا چکی تو لالی نے کہا "خالہ بلّی۔ اب یہاں سے چلتی پھرتی نظر آؤ۔ مگر یہ بات بھولنا نہیں کہ جب تم بھوکی تھیں تو میں نے تمہیں کھانا کھلایا تھا۔ آگے بھی کبھی بھوک ستائے تو میرے پاس چلی آنا مگر ہمارے ٹُرٹُر اور چلبل کو ہڑپنے کی کوشش نہ کرنا۔ وہ ہمیں بہت پیارے ہیں۔"

"وہ دونوں ہیں کہاں؟" بلّی نے چاروں طرف نظریں گھماتے ہوئے کہا۔

"چھپے ہوئے ہیں تمہارے ڈر سے۔ تم یہاں سے جاؤ تا کہ ان دونوں کو قید سے رہائی ملے۔" لالی نے اسے بھگانا چاہا مگر بلّی وہیں پسر گئی۔ بولی "میں کہاں جاؤں؟ ویسے اس گھر میں کون کون رہتا ہے۔"

"میں ہوں، راجہ بھیّا ہیں، بوُبوُ ہے، موتی، ٹُرٹُر اور چلبل بھی یہاں ہمارے ساتھ رہتے ہیں۔" لالی نے خاندان کے افراد کی فہرست گنا دی۔

"مجھے بھی اپنے خاندان میں شامل کرلو۔ میں راستہ بھول گئی ہوں۔ تین دنوں سے جنگل میں بھٹک رہی تھی...... میں بھی یہاں رہ پڑوں تو کیا حرج ہے؟" بلّی نے عاجزی سے کہا "جہاں پانچ جنے رہتے ہیں وہاں میں چھٹی بھی سہی۔"

ڈبّے میں چھپے ٹُرٹُر اور چلبل نے چیں چیں چوں چوں کا شور مچا کر لالی کو اپنے پاس بُلایا۔ لالی ان کے پاس گئی تو دونوں ایک آواز میں بولے......

"اسے بھگا دو لالی۔ اسے بھگا دو۔"

"ایسا نہیں کہتے ٹُرٹُر، چلبل۔ وہ راستہ بھٹک گئی ہے۔ اسے مدد کی، رحم کی ضرورت ہے۔" لالی نے سمجھایا۔

"تم دیکھو۔ اس سے لکھوالو کہ وہ ہمیں نشانہ نہیں بنائے گی۔" ٹُرٹُر نے رُہانسا ہو کر کہا...... "ورنہ ادھر ہم سامنے پڑے اور اس نے ہمیں لقمہ بنایا۔"

"ہاں۔ ٹُرٹُر صحیح کہتا ہے۔" چلبل نے اس کی تائید کی۔ "اس سے لکھوالو۔"

لالی ہنستی ہوئی وہاں سے ہٹ گئی۔ واپس لوٹ کر دیکھتی کیا ہے کہ بلّی بیگم پیر پسارے آرام سے سو رہی ہیں۔ اسے رحم آگیا اس پر۔ بے چاری کافی دنوں سے بھوکی تھی۔ پیٹ بھر کر کھانا ملا تو نیند آگئی۔

لالی نے ٹرٹر اور چلبل کو ڈبے میں سے باہر آنے کو کہا۔ بُوبُو بھی تب تک آگئی تھی۔ اس نے تینوں کو باہر بھیج دیا اور خود بیٹھ کر گیہوں صاف کرنے لگی۔

اندھیرا پھیلنے لگا تھا جب بلّی کی آنکھ کھلی۔ سامنے لالی کو بیٹھا دیکھ کر اس نے کہا "میاؤں! بہت بہت شکریہ۔ آج بھی مجھے اگر کھانا نہ ملتا تو شاید میں مر جاتی۔ میں اب یہاں سے کہیں نہیں جاؤں گی۔ مجھے اپنے پاس رکھ لو۔"

"ہمارے ساتھ رہنا ہے تو درندگی اور خونخواری چھوڑنی ہوگی۔ ٹُرٹُر اور چلبل کی طرف آنکھ نہیں اُٹھاؤ گی، اس کا وعدہ کرنا پڑے گا۔ ہمارے دوستوں کو اپنا دوست سمجھنا ہوگا"۔ لالی نے سب باتوں کی وضاحت کرتے ہوئے کہا۔

"وعدہ کرتی ہوں۔" بلّی نے کہا "سب کے ساتھ مل کر رہوں گی۔"

لالی بُوبُو کو پکار کر بولی "ٹُرٹُر اور چلبل کو اندر لے آؤ" وہ تینوں اندر

آئے۔ ٹرٹرا اور چلبل کو بُوبُو نے اپنی پشت پر چُھپا رکھا تھا۔ عین اسی وقت راجہ بھی لوٹ آیا۔ موتی کو بلّی کی بُو مل گئی تھی۔ وہ زور زور سے بھونکنے لگا۔ موتی کی آواز سُنتے ہی بلّی خوف سے کانپنے لگی اور چھلانگ مار کر چھت پر جا چڑھی۔ وہاں سے چِلّا کر بولی "میں یہاں نہیں رہوں گی۔ یہاں تو کُتا ہے۔ پہلے کیوں نہیں بتایا مجھے؟"

"وہ موتی ہے، ہمارا دوست۔ اسے کُتا مت کہو" لالی نے بُرا مان کر کہا۔

"مگر کُتّے تو بلّیوں کی جان کے دشمن ہوتے ہیں۔" بلّی نے دُنیاداری کی بات کی۔ "وہ بلّی کو پھوٹی آنکھ نہیں دیکھ سکتے۔"

"بلّیاں بھی تو چوہوں کی دشمن ہوتی ہیں۔" لالی نے نہلے پر دہلا مارا۔ "کیا وہ چوہوں کو برداشت کر سکتی ہیں؟"

بات سولہوں آنے صحیح تھی۔ بلّی نے آنکھیں نیچی کر لیں۔ لالی نے تحکمانہ لہجے میں کہا۔ "نیچے آیئے۔ نیچے آیئے بلّی بیگم۔ معاملہ ابھی صاف ہوا جاتا ہے۔"

بلّی نیچے اتر آئی۔ لالی نے راجہ سے، موتی، بُوبُو، ٹرٹرا اور چلبل سے اس کی پہچان کرائی اور بولی...... "دیکھو، ہم سب جس طرح یہاں مل کر رہتے ہیں...... تم بھی رہو۔ ہمیں اعتراض نہیں ہے۔ مگر سب سے بہن بھائی کی طرح مل کر رہنا ہوگا...... منظور ہے؟"

بلّی خاموش رہی۔ موتی آگے بڑھ کر بولا...... "بھوں...... بھوں۔ مجھ سے ڈرتی ہو؟ میں یقین دلاتا ہوں کہ میں نے درندگی کو چھوڑ دیا ہے۔ میں اہنسا کا پُجاری بن گیا ہوں......... جیسا کہ ابھی میرا تعارف کراتے

ہوئے لالی نے کہا...... میں شاعر بھی ہوں۔ تھوڑی بہت تک بندی کر لیتا ہوں۔ لو چار لائنیں سنو:

میٹھا تم سے بولوں گا میں
اپنا تم کو سمجھوں گا میں
بیتی باتیں یاد نہ کرنا
بہنا تم کو مانوں گا میں۔"

بلّی مسکرانے لگی۔ اس نے آگے بڑھ کر موتی سے ہاتھ ملایا۔ پھر بُو بُو سے گلے ملی۔ ٹُر ٹُر اور چلبل کے سر پر شفقت کا ہاتھ رکھا۔ راجہ نے موقع دیکھ کر فوراً کہا......

"لالی، نام رکھنے کی اب میری باری ہے۔ بلّی رکھ دو اس کا نام۔"

"اچھا نام ہے۔ بلّی بیگم۔ یاد رہے اب آپ اسی نام سے پکاری جائیں گی...... اور ہاں بھیّا کل بلّی کے لیے رنگین رِبن لے آنا۔"

"ضرور لاؤں گا۔" راجہ نے وعدہ کیا۔

بھیڑیے کا حملہ

راجہ اور لالی کے دِن سُکھ سے بیت رہے تھے۔ شہر دیکھنے کے بعد بھی راجہ کا من وہاں جا کر رہنے کا نہیں ہوا تھا۔ لالی نے باہر کی دنیا دیکھی نہیں تھی۔ وہ اپنے اس خاندان ہی کو دنیا سمجھی تھی۔

راجہ اب ٹوکریاں بنانے میں بہت دلچسپی لینے لگا تھا۔ کئی طرح کے رنگ خرید لایا تھا۔ ٹوکریوں کو رنگوں سے سجانے لگا تھا۔ لالی کو یہ سب دیکھ کر حیرت ہوتی۔ ایک دن بولی "بھیا۔ ٹوکریوں کو رنگ کیوں دیتے ہو؟"

"اچھی لگتی ہیں...... ان کی قیمت بھی زیادہ آتی ہے۔ دیکھو تو...... سادہ ٹوکریوں میں اور رنگین ٹوکریوں میں فرق ہے یا نہیں؟" راجہ نے دو ٹوکریاں اس کے سامنے رکھ دیں۔

"رنگوں سے یقیناً ہی خوبصورتی میں اضافہ ہوا ہے۔" لالی نے قبول کیا۔

"تو پھر حیرت کیوں ہوتی ہے تجھے؟"

"حیرت اتنے سارے رنگ دیکھ کر ہوتی ہے۔ میں تو سمجھتی تھی، رنگ بس چار پانچ ہوتے ہیں۔ آسمان اور پانی کا نیلا رنگ۔ پتوں کا ہرا رنگ...... سفید اور کالا رنگ۔ مگر تم تو نہ جانے کتنے رنگ اُٹھا لائے ہو۔" لالی نے معصومیت سے کہا۔

راجہ بولا "کہنے کو تو اور بہت سے رنگ ملتے ہیں۔ میرے پاس جتنے پیسے تھے اس سے اتنے ہی خرید سکا۔ ویسے لالی، سچّے رنگ صرف دو ہوتے ہیں۔ ایک خوشی کا رنگ، دوسرا دُکھ کا رنگ۔ ہم یہ دونوں دیکھ چکے ہیں۔ ماں باپ کو کھونے کا دُکھ ہم نے اٹھایا ہے تو چرندوں پرندوں کے ساتھ رہنے کا لطف بھی اُٹھا رہے ہیں......اور کیا چاہیے زندگی میں۔"

"سچ کہتے ہو بھیا۔ اوپر والے نے ہمیں سکھ ہی سکھ دیا ہے۔ کاش! یہ رنگ ہمیشہ ہماری زندگی میں بنا رہے۔"

مگر ہونی ہو کر رہتی ہے۔ اچانک ان پر ایک مصیبت آپڑی۔ بُو بُو

ایک بھیڑیے کی زد میں آگئی۔ وہ خونخوار جانے کیسے اس دن ندی کے اُس کنارے پر پہنچ گیا تھا جہاں راجہ اور لالی کا گھر تھا۔ بُوبُو بے فکری سے نرم نرم پتے کھارہی تھی کہ بھیڑیے نے اچانک حملہ کردیا۔ بُوبُو خوفزدہ ہو کر زور سے چلّائی...... "میں...... میں......" مگر جلد ہی سنبھل کر مقابلہ کرنے لگی۔ تب تک چیخ سُن کر لالی بھی باہر آگئی تھی۔ بھیڑیے کو دیکھ کر وہ خوف سے ایک ہی جگہ پر کھڑی رہ گئی۔ مگر جب اس نے دیکھا کہ بُوبُو لہولہان ہو گئی ہے تو اس نے آؤ دیکھا نہ تاؤ، پاس پڑا ڈنڈا اُٹھا کر بھیڑیے پر پل پڑی۔ بھیڑیا اس نئی افتاد سے گھبرا گیا۔ بس ذرا ڈھیلا پڑا تھا کہ لالی نے ڈنڈا مار مار کر اس کا بھرتا بنادیا۔ وہ سر پر پاؤں رکھ کر جنگل کی طرف بھاگ گیا۔

بُوبُو زخموں سے چور تھی۔ اسے گود میں اٹھا کر لالی گھر میں لائی۔ اس کے زخموں کو دھویا۔ ان پر ہلدی لگا کر پٹّیاں باندھ دیں اور ایک طرف لٹادیا۔

"چوں...... چوں......" چلبل نزدیک آکر بولی "میں ایسے پتّیوں کے بارے میں جانتی ہوں جنہیں زخم پر لگایا جائے تو زخم جلدی بھر جاتے ہیں۔"

"تو مُنہ کیا دیکھ رہی ہو؟ جلدی جا کر پتّیاں لاؤ۔ مدد کے لیے ببلی اور ترتر کو ساتھ لے جاؤ۔ دیکھتی نہیں...... بُوبُو کو کتنی تکلیف ہے۔" لالی نے کہا۔

وہ تینوں باہر بھاگے۔ تھوڑی دیر میں مُنہ میں ڈھیروں پتّیاں دبائے دوڑتے ہوئے واپس آئے۔ لالی پتّوں کو سِل پر پیسنے لگی۔ پوچھا "چلبل، تمھیں ان پتّوں کے گُن کے بارے میں کس نے بتایا؟"

"چوں...... چوں...... میری ماں نے بتایا۔" چلبل نے جواب دیا۔ "جب ہم پرندے اُڑنا سیکھتے ہیں تب کبھی کبھی نیچے گر جاتے ہیں۔ کبھی

کانٹوں میں اُلجھ جاتے ہیں۔ اس وقت ماں باپ اُن پتّیوں کو کچل کر زخموں پر لگاتے ہیں تو زخم جلد ہی بھر جاتے ہیں۔"

پتّیوں کا لیپ لگا کر بُوبُو کو آرام کرنے کے لیے چھوڑ دیا گیا۔ لالی راجہ کا بے صبری سے انتظار کر رہی تھی۔ چلبل اور تُرتُر سے صبر نہیں ہوا تو دور راستے پر جا کر کھڑے ہو گئے اور راجہ کو آتے دیکھ بُوبُو پر حملے اور اس کے زخمی ہونے کی بات بتادی۔ راجہ اور موتی دوڑتے دوڑتے گھر آئے۔ بُوبُو سو رہی تھی...... راجہ فکر مند ہو کر بولا "بھیڑیے کو جگہ معلوم ہو گئی ہے۔ وہ پھر آئے گا۔ ہمیں اپنی حفاظت کا انتظام کر لینا چاہیے۔ اب میں موتی کو ساتھ نہیں لے جاؤں گا۔ وہ یہاں رہ کر تم لوگوں کی حفاظت کرے گا۔"

"نہیں بھیّا۔" لالی نے کہا۔ "ہم اب ہوشیار رہیں گے۔ موتی تمہارے ساتھ ہی جائے گا۔ شہر تنہا جانے سے موتی کا ساتھ بہتر رہے گا۔"

"ہوں...... ہوں...... لالی ٹھیک کہتی ہے۔" موتی نے کہا۔ "راجہ، ہم گھر کے چاروں طرف کنٹیلی جھاڑیوں کی باڑ کھڑی کر دیں گے۔ بھیڑیا اسے پار کر کے نہیں آسکے گا۔ یہ کام ہم کل ہی سے شروع کر دیں گے۔"

راجہ کو موتی کا مشورہ پسند آیا۔ دوسرے دن سویرے سے کانٹے دار جھاڑیوں کو جمع کرنے کا کام شروع ہُوا۔ ایک دن، دو دن ایک ہفتہ نہیں، دو ہفتوں میں جا کر کہیں کام پورا ہُوا۔ سب خوش تھے۔ بُوبُو کو اس بات کا افسوس تھا کہ وہ کسی طرح کی مدد نہیں کر پائی۔ اس کے ایک پاؤں کا زخم ابھی تک بھرا نہیں تھا۔ وہ چلنے پھرنے سے معذور تھی۔ دھوپ نکلنے پر راجہ یا لالی اسے گود میں اُٹھا کر دھوپ میں رکھ دیتے۔ وہ سورج کی تپش سے اپنا زخم

سینکتی رہتی۔ جب دھوپ ناقابلِ برداشت ہو جاتی تو لالی کو پکارتی۔ لالی آکر اسے سایے میں بٹھا دیتی۔ موتی اور چلبل اس کے لیے چارہ لاتے۔ بلی باروچی خانے میں لالی کا ہاتھ بٹاتی۔

"بھیّا۔ کل تمہیں بازار جانا ہی ہو گا۔ کچھ سامان ختم ہو گیا ہے...... اور دیکھو۔ ٹوکریوں کا بھی ڈھیر لگ گیا ہے۔" لالی نے کہا تو راجہ بولا "ہاں۔ میں بھی یہی سوچ رہا ہوں۔ کل ہم شہر جائیں گے۔"

سویرے شہر جاتے ہوئے راجہ نے لالی کو بہت سی ہدایتیں دیں۔ "کنٹیلی جھاڑیوں کی باڑ کے باہر قدم نہ رکھنا۔ خیال رکھنا اپنا اور سب کا۔ میں شہر سے حفاظت کے لیے کچھ اور سامان لاؤں گا۔"

"بھوں...... بھوں......" موتی نے کہا۔ "راجہ، فکر نہ کرو۔ اپنا انتظام اچھا ہے:

بری نظر جو ڈالے گا
کالا اس کا مُنہ ہوگا
بچ نہیں ہم سے پائے گا
جان سے اپنی جائے گا"

"شاباش! یہ بات کہی تم نے۔ اب چلو۔" راجہ نے کہا۔

لالی نے گھر کے سب کام نپٹائے اور بوٗبوٗ کو لے کر آنگن میں بیٹھ گئی۔ آج بوٗبوٗ بے حد افسردہ تھی۔ شاید زخم تکلیف دے رہا تھا۔

چلبل نے پوچھا "بوٗبوٗ جی۔ کیا بات ہے؟ کیا بہت درد ہو رہا ہے؟"

"ہاں چلبل۔" بوٗبوٗ نے کہا "میں تم سب سے بڑی ہوں۔ مجھے تم

لوگوں کا خیال رکھنا چاہیے مگر اُلٹے تم لوگوں سے خدمت کرا رہی ہوں۔ پندرہ روز سے تم سب میرے لیے پریشان ہو۔ ویسے میں درد سے بھی پریشان ہوں۔"

"ایسا نہیں کہتے بُوبُو۔" لالی نے آہستہ آہستہ اس کے زخمی پاؤں کو سہلاتے ہوئے کہا۔

"یاد ہے؟ اس روز سانپ کی جان بچاتے وقت تم نے کیا کہا تھا؟ تم نے کہا تھا 'مصیبت میں پھنسے ہر جاندار کی مدد کرنی چاہیے۔ تم تو ہماری اپنی ہو۔ کیا بہت درد ہو رہا ہے؟"

"چلبل" لالی نے چلبل کی طرف رُخ کرتے ہوئے پوچھا "تمہیں گانا آتا ہے؟ کوئی گیت سُناؤ جس سے بُوبُو کو درد سے آرام ملے۔"

"کیوں نہیں۔ آج بھی اگر میں نے گیت نہیں گایا تو میری زندگی بے کار ہے۔" کہہ کر چلبل سُریلی آواز میں گانے لگی۔ لالی اور بُوبُو مگن ہو کر سُننے لگیں۔ اچانک چلبل نے گیت درمیان میں روک کر ٹُرٹُر سے کہا "میں گا رہی ہوں۔ تم ناچو، تمہارے پاؤں میں گھنگھرو بندھے ہیں۔"

ٹُرٹُر بولا "ضرور...... ضرور...... لو...... تم شروع کرو۔ میں ناچتا ہوں۔"

چلبل گانا شروع کرنے والی تھی کہ بلی بولی "میاؤں...... ذرا رُکو۔ میں ابھی آئی۔"

وہ دوڑ کر گئی اور ایک ڈبّہ اُٹھا لائی۔ پھر تو وہ محفل جمی کہ پوچھو نہیں۔ بلی نے ڈھول بجایا۔ چلبل نے گانا گایا اور ٹُرٹُر چھم چھم کر کے خوب ناچا۔ لالی تالیاں بجاتی رہی...... موسیقی بھرے اس ماحول میں بُوبُو اپنے پاؤں

کا درد بھول گئی۔ اسے آرام ملا تو لالی نے اندر لے جا کر اسے لٹادیا اور باہر آکر بولی "چلو، اب شور شرابہ بند کرو۔ بُوبُو کو آرام کرنے دو۔"

اجنبی مسافر

ایک دن ٹُرٹُر اور چلبل باہر کھیل رہے تھے۔ لالی نے بلی کو اپنے نزدیک بٹھایا اور سمجھانے لگی۔ "بُرا نہیں ماننا بلی۔ بڑی ہونے کے ناطے میں تمہیں کچھ سمجھانا چاہتی ہوں۔ تم نے دیکھا ہی ہے، یہاں سب اپنا اپنا فرض نبھاتے ہیں۔ جس میں جتنی قابلیت ہے، جتنی قوّت ہے اتنا وہ ہاتھ بٹاتا ہے۔ ٹُرٹُر اور چلبل کتنے چھوٹے ہیں مگر روزانہ سبزی توڑنے اور صاف کرنے میں میری مدد کرتے ہیں، آنگن کا کچرا صاف کرتے ہیں۔ بُوبُو تو خیر میرا دایاں ہاتھ ہے۔ موتی شہر کے سفر میں راجہ کا رفیق بنتا ہے۔ پھر رات کو رکھوالی بھی کرتا ہے۔"

بلی سر جھکائے بیٹھی رہی۔ لالی نے آگے کہا "تم دوپہر بھر سوتی رہتی ہو۔ مجھے تمہارے سونے پر اعتراض نہیں ہے۔ میرا صرف اتنا کہنا ہے کہ اگر رات کو تھوڑی خبردار رہا کرو تو کتنا اچھا ہو۔"

بلی شرم سے پانی پانی ہو رہی تھی۔ دبی زبان سے بولی "میاؤں...... میں تمہارا مطلب نہیں سمجھی لالی۔"

"دیکھو بلی۔ اپنے آنگن میں میں نے جو یہ سبزیاں لگا رکھی ہیں......

رات کو جنگلی چوہے انہیں برباد کردیتے ہیں......" لالی کا جملہ ابھی مکمل نہیں ہوا تھا کہ بلّی نے فوراً کہا...... "میں سمجھ گئی لالی۔ رات کو میں سبزیوں کی چوکیداری کروں گی۔ مجھے معاف کردو۔ اب میں زیادہ نہیں سویا کروں گی۔"

"زیادہ سونے سے جسم فربہ ہو جاتا ہے اور جسم فربہ ہو جانے سے پُھرتی چُستی نہیں رہتی۔ اپنی حفاظت کرنا بھی مشکل ہو جاتا ہے۔" لالی نے مسکرا کر کہا۔

"لالی...... لالی۔" چلبل بھاگتی ہوئی آئی۔ "دو آدمی اِدھر آ رہے ہیں۔"

"آدمی ہی ہیں نا۔ بھیڑیے تو نہیں ہیں۔ پھر اتنا گھبراتی کیوں ہو؟" لالی نے ہنس کر کہا...... وہ باہر نکل آئی۔ تب تک دونوں آدمی کانٹوں کی باڑ کے قریب آکر رُک گئے تھے۔ لالی کو دیکھ کر انہوں نے پوچھا "یہاں کون رہتا ہے؟"

"میں رہتی ہوں۔ میرے بھیّا رہتے ہیں۔ موتی ہے۔ بُوبُو ہے۔" لالی نے جواب دیا۔

"ہمیں بھوک لگی ہے۔ کچھ کھانے کو مل سکتا ہے؟" ایک نے پوچھا۔

"کیوں نہیں؟ اندر آجاؤ۔"

لالی نے دونوں کو آنگن میں بٹھایا اور جلدی جلدی کھانا بنا کر انہیں کھلایا۔ کھانا کھا کر دونوں نے لالی کو دعائیں دیں۔ پھر ان میں سے ایک وہیں لیٹ گیا۔ دوسرا لالی سے باتیں کرنے لگا۔ اس نے پوچھا "تمہارے بھیّا کہاں ہیں؟"

"بازار گئے ہیں۔ آتے ہی ہوں گے۔" لالی نے جواب دیا۔

"تم گھر میں اکیلی ہو؟" اس نے پھر پوچھا۔

"اکیلی کیوں ہوتی؟ بوُبوُ ہے۔ اندر آرام کر رہی ہے۔ ببلی بھی ابھی تک یہیں تھی۔ باہر بھاگی ہو گی کھیلنے کو۔"

"تم لوگ یہاں کیوں رہتے ہو؟ قریب گاؤں میں جا کر کیوں نہیں رہتے؟" وہ بڑا باتونی تھا۔ دوسرا چُپ چاپ لیٹا تھا۔

"اس گاؤں میں کوئی نہیں ہے۔ گاؤں چھوڑ کر بھاگ گئے سب۔" لالی کو بھی بہت دنوں کے بعد کوئی ملا تھا۔ اسے باتیں کرنے میں لطف آرہا تھا۔ "ہمارے ماں بابا بھی سیلاب کی نذر ہو گئے۔ بھیّا کو میرا سہارا ملا، مجھے بھیّا کا۔ ہم یہیں رہ گئے۔ بڑا کہنے کو گھر میں بوُبوُ ہے، موتی جیسا دوست ہے۔ ببلی، چلبل اور ٹرُ ٹرُ جیسے ننھے مُنّے ساتھی ہیں۔ مزے سے گذر رہی ہے زندگی۔"

"یہاں سے جنگل نزدیک ہے۔ رات کو جنگلی جانوروں کی آوازیں نہیں آتیں؟" اس نے پوچھا۔

"آتی ہیں۔" لالی نے کہا۔

"ڈر نہیں لگتا تمہیں؟ ہمیں تو لگتا ہے۔" وہ بچکانہ انداز میں بولا۔

"پہلے لگتا تھا۔ اب نہیں لگتا۔" لالی اس کے بچکانے پن سے لطف اندوز ہوتی ہوئی بولی۔ "ہم تو اب آواز پہچاننے لگے ہیں۔ گیدڑ ہاؤ...... ہاؤ کرتا ہے...... مور کیاؤں...... کیاؤں۔" لالی گیدڑ اور مور کی آواز نکال کر بولی۔ "ریچھ کی، بھالو کی...... بھیڑیے کی، چیتے کی سب کی غرّاہٹ پہچان لیتے ہیں ہم۔"

"شیر کی دہاڑ!" وہ آدمی بچوں کے سے تجسس سے بولا۔
"شیر گھنے جنگل میں رہتا ہے۔ کبھی کبھی بہت دور سے دہاڑ سنائی دیتی ہے تو دل دہل جاتا ہے۔" لالی رُک رُک کر بولی۔
"تمہیں کسی دن شیر کھا جائے گا۔" وہ بڑی بڑی آنکھیں کر کے ہاتھ کے پنجے آگے کر کے بولا۔
"ابھی تک تو نہیں کھایا۔" لالی نے معصومیت سے کہا۔
"کیوں ڈرا رہا ہے لڑکی کو؟" لیٹا ہوا آدمی ڈانٹ کر بولا "چُپ رہ!"
"مجھے ڈر نہیں لگتا۔" لالی ہنس کر بولی "معلوم ہے؟ ایک دن بھیڑیا یہاں تک آگیا تھا۔ وہ باہر کھڑا غرّاتا رہا۔ ہم اندر سے اسے دیکھتے رہے اور ایک مرتبہ تو میں نے بھیڑیے کو مار مار کر بھگا دیا۔"
"بہادر لڑکی ہو تم! اچھا اب ہم جائیں گے۔" وہ اُٹھتا ہُوا بولا۔ دوسرا آدمی بھی اُٹھ کھڑا ہُوا۔ لالی نے پوچھا "آپ لوگ کون ہیں؟ ادھر کیسے نکل آئے؟ یہاں تک تو کبھی کوئی نہیں آتا۔"
"ہم ندی کے پار گاؤں کے ہیں...... جام پور کے۔ ادھر بھینس کے پیچھے آئے تھے۔"
"بھینس کے پیچھے!!" لالی نے حیرت سے پوچھا۔ "بھینس کے پیچھے کیوں؟ بھینس کہاں ہے؟"
"ہے اُدھر پیڑ سے باندھ آئے ہیں۔" وہی آدمی بولا جو ابھی تک لالی سے بات کر رہا تھا۔ "ہماری بھینس کو دشمنی سے کسی نے کچھ کِھلا دیا۔ وہ پاگل ہو گئی۔ رسّی تڑا کر بھاگ نکلی۔ ہم اسے پکڑنے نکلے۔ اس نے دوڑا دوڑا

کر تھکا دیا۔ پہلے معلوم ہوتا کہ اتنا دوڑائے گی تو کھانا ساتھ لے کر نکلتے۔"

لالی کو ہنسی آ گئی۔ وہ آدمی بھی ہنسنے لگا۔ دوسرا آدمی مسکرا کر بولا "تو باتیں بہت بناتا ہے۔ چل اب۔"

وہ چلے گئے۔ راجہ کے لوٹنے پر لالی نے اسے اجنبی آدمیوں کے متعلق بتایا تو اس نے کہا "لالی، دیکھو۔ کبھی کسی کو بتانا نہیں کہ ہم دونوں یہاں اکیلے رہتے ہیں۔ دنیا میں اچھے بُرے دونوں طرح کے لوگ ہوتے ہیں۔ کسی دن دھوکہ کھاؤ گی۔"

"ارے بھیّا۔ میں نے انہیں خوب بنایا۔ میری باتوں سے انہیں ذرا بھی شک نہیں ہوا کہ میرا بھیّا بھی میرے جتنا ہی چھوٹا ہے۔ وہ تو بُوبُو کو بھی کوئی بُڑھیا سمجھے ہوں گے۔" لالی ہنستی ہوئی بولی۔ "اور تو اور ہمارے بقیہ دوستوں کو بھی وہ انسان ہی سمجھے۔"

"حیوان، انسان سے اچھے دوست ثابت ہوتے ہیں لالی۔ وقت آنے پر ثابت ہو جائے گا۔"

بھیڑیے کے بُوبُو پر حملے سے راجہ کو ہتھیار کی ضرورت محسوس ہونے لگی تھی۔ وہ بازار سے دو بھالے اور دو خنجر خرید لایا۔ دونوں روز تھوڑی دیر نشانے کی مشق کرتے۔ لالی ہر بات میں تیز تھی۔ اس کا نشانہ جلدی ہی سدھ گیا۔ یہی راجہ چاہتا بھی تھا۔ اس کی غیر موجودگی میں لالی تنہا اپنی حفاظت کر سکے اسی مقصد سے اس نے ہتھیار خریدے تھے۔

غرّاؤ لیکن کھاؤ مت

ایک روز سویرے لالی نے دیکھا، چوہوں نے مٹر کی تمام پھلیوں کو کاٹ کر ڈال دیا تھا۔ پورے خراب کر دیے تھے۔ اس نے بلی کو پکارا۔ بلی دوڑی دوڑی آئی۔ لالی نے کہا "میں نے تم سے کہا تھا کہ رات کے وقت پودوں کی رکھوالی کرنا۔"

"میں رات بھر یہیں بیٹھی تھی لالی۔ میرے سامنے ہی چوہے پودے کتر گئے۔ مگر میں کیا کرتی؟ تم نے مجھ سے ہنسا نہ کرنے کا وعدہ جو لیا ہے۔ میں نے چوہوں پر اسی لیے حملہ نہیں کیا۔"

"اُف فوہ! تم کو چوہے کھانے کے لیے کس نے کہا ہے۔ چوہے نہ کھاتیں مگر میاؤں میاؤں کر کے اپنی موجودگی کا احساس دلا سکتی تھیں۔ بیٹھو ادھر۔ ایک کہانی سناتی ہوں۔"

بلی مجرم کی طرح گردن جھکائے بیٹھ گئی۔ لالی نے کہا "ایک سادھو سے لوگوں نے شکایت کی کہ فلاں راستے پر ایک سانپ نے لوگوں کو پریشان کر رکھا ہے۔ نہ جانے کتنوں کو وہ ڈس چکا ہے۔ سادھو سانپ کے پاس گئے۔ اسے نصیحت کی کہ بلا وجہ لوگوں کو پریشان نہ کرے۔ انہیں ڈسنا چھوڑ دے۔ ہنسا بری بات ہے۔ سانپ نے سادھو کی بات گرہ میں باندھ لی۔ لوگوں کو کاٹنا چھوڑ دیا۔ کچھ دنوں کے بعد سانپ سادھو کے پاس پہنچا اور شکایت کی "آپ کے کہنے سے میں نے لوگوں کو کاٹنا چھوڑ دیا...... اب بچے تک مجھے پتھر مارتے

ہیں۔ دیکھیے، میرا جسم زخموں سے چور ہے۔"

سادھو نے کہا "میں نے تمہیں کاٹنے سے منع کیا تھا، پھنکار نے سے نہیں روکا تھا۔ تم پھنکارو گے تو کوئی تمہارے قریب آنے کی ہمت نہیں کرے گا...... "اتنا کہہ کر لالی نے کچھ رُک کر کہا" سمجھیں پیاری بلی بیگم۔ رات کو پہرہ دیتے ہوئے اپنی سُریلی آواز میں میاؤں میاؤں کرتی رہو تو چوہے سبزیوں کے پاس پھٹکیں گے بھی نہیں۔ میرا مطلب ہے غرّاتی رہو۔ حملہ کرنے کی ضرورت نہیں۔"

بات بلی کی سمجھ میں آگئی۔ وہ لالی کی ہدایت کے مطابق چوکیداری کرنے لگی۔ اس کے بعد اس نے شکایت کا موقع نہیں دیا۔

گھر کے سامنے کانٹے دار جھاڑیوں سے بڑی لمبی چوڑی جگہ گھیر لی تھی راجہ اور لالی نے۔ وہاں بس سایہ دار درختوں کی کمی تھی۔ ایک روز راجہ شہر سے بہت سے پودے لے آیا۔ لالی سے بولا "چلو ہم آنگن میں پیڑ لگائیں۔"

"ہاں۔ رنگ برنگے پھولوں کے پودے۔ میں پھول توڑ کر گجرا بناؤں گی۔ اپنی چوٹی میں لگاؤں گی۔" لالی خوش ہو گئی۔

"پھلوں کے پودے بھی لگانا۔ پہلے آم، اِملی، نیم اور جامن کے پیڑ لگا لیں۔" راجہ نے ہنستے ہوئے کہا۔

"ایسے بڑے پیڑ تو جنگل میں ہوتے ہیں۔ ہم یہ پیڑ لگائیں گے تو ہمارا گھر جنگل بن جائے گا۔" لالی گھر کے جنگل بن جانے کے خیال سے سہم گئی۔

"تم جتنی چھوٹی ہو تمہاری عقل بھی اتنی چھوٹی ہے۔ پیڑ پھل دیتے

ہیں، پھول دیتے ہیں، سایہ دیتے ہیں۔ ان کی لکڑی کام آتی ہے۔ پتے ہوا میں پھیلی ہوئی زہریلی گیس کھینچ کر صاف ہوا ہمیں دیتے ہیں۔"

پیڑ لگانے کا کام بھی اُسی جوش و خروش سے ہوا جس سے گھر بنایا گیا تھا اور آنگن کی کٹیلی باڑ لگائی گئی تھی۔ موتی بڑا مگن تھا۔ پورے وقت گانا گاتا رہتا۔ دوسروں سے بھی کہتا کہ سُر ملاؤ۔ بُوبُو اب تھوڑا تھوڑا چلنے لگی تھی۔ وہ بیٹھی ڈبے پر تھاپ دے کر موتی کے سُر میں سُر ملا رہی تھی:

"آؤ پیڑ لگائیں ہم
مل کر پیڑ لگائیں ہم
پھول پھل اور چھایا دیں گے
پیڑوں کو اپنا بنائیں ہم

آؤ پیڑ لگائیں ہم

ہریالی سے گھر کی زینت
پھولوں سے گھر بنتا جنت
چھایا ٹھنڈی، پھل ہیں میٹھے
پیڑ خدا کی ہیں اِک نعمت

آؤ پیڑ لگائیں ہم

جنگل میں منگل منانا کوئی ان بچوں سے سیکھتا۔ ہنستے کھیلتے، گاتے، کھلکھلاتے مشکل سے مشکل کام نپٹالے جاتے۔ سب نے برابر اپنے حصّے کا کام کیا۔ راجہ اور ٹُرٹُر نے گڈھے کھودے۔ لالی اور چلبل نے پیڑ لگائے۔ ببلی نے پانی دیا اور موتی نے مٹّی برابر کی۔ چند ہی دنوں میں پودوں نے جڑ پکڑ لی۔

ایک رات ستارہ پری اور چاندنی پری گھومتے گھومتے ادھر آ گئیں۔ اس مرتبہ راجہ اور لالی کے گھر کی شو بھا نرالی تھی۔ آنگن کنٹیلی جھاڑیوں سے گِھرا ہوا تھا جس میں پھلوں اور پھولوں کے درخت لگے تھے۔ ایک طرف منڈؤں پر بیلیں لدی تھیں جن میں لوکی، کریلے، تُرئی لٹک رہی تھیں۔ ہرے پتّوں میں لال ٹماٹر چمک رہے تھے۔ لمبی سرخ مرچیاں بڑی خوبصورت لگ رہی تھیں۔

ستارہ پری بولی "چاندنی بہن، یہ دونوں بچے بہت سمجھ دار ہیں۔ ہم جب آتی ہیں ان کا کوئی نہ کوئی کارنامہ دیکھنے کو ملتا ہے۔"

چاندنی پری ہنس کر بولی "زندگی میں پہلی مرتبہ تم نے بہت اچھی بات کہی ہے۔ سچ بھی ہے جو محنت کرتا ہے اسے اس کا صلہ ملتا ہے۔ راجہ اور لالی بہادر بھی ہیں محنتی بھی۔ وہ جانوروں سے، پھولوں سے محبت کرتے ہیں۔ ماحول کو آلودگی سے بچاتے ہیں۔ بس ایک کمی ہے اُن میں۔"

"کیا؟ کیا کمی ہے ان میں؟" ستارہ پری نے پوچھا۔

"انہیں پڑھنا لکھنا جو نہیں آتا۔" چاندنی پری تشویش سے بولی "پڑھائی لکھائی ہر چھوٹے بڑے شخص کے لیے ضروری ہے۔ ستارہ بہن، کوئی ایسی تدبیر کرو جس سے ان بچوں کی پڑھائی کا بندوبست ہو سکے۔"

"دیکھو، میں پرسوں اُدھر گئی تھی۔" ستارہ پری نے جنوب کی سمت ہاتھ اُٹھا کر سوچتے ہوئے کہا۔ "تمہیں وہ بوڑھی عورت یاد ہے جسے اس کے گھر والے جنگل میں چھوڑ گئے تھے۔"

"ہاں یاد ہے۔ وہ تو مکمل طور پر صحت مند ہو گئی تھی۔ کیا وہ اب بھی

وہیں مقیم ہے؟ اپنے گھر واپس نہیں گئی؟" چاندنی پری نے ایک ساتھ دو سوال کر دیے۔

"اس کے گھر کے لوگ اسے لے جانے کو تیار تھے مگر بڑھیا نے انکار کر دیا۔ اس کا جنگل میں دل لگ گیا ہے۔ وہ پڑھنا لکھنا جانتی ہے۔ اگر وہ راجہ اور لالی کے پاس آکر رہنے لگے تو مسئلہ حل ہو سکتا ہے۔"

بُڑھیا ایک موذی مرض میں گرفتار ہو گئی تھی۔ اس کے بیٹوں اور بہوؤں نے جنگل میں جھونپڑی بنا کر اسے وہاں ڈال دیا تھا۔ چند مہینوں تک خیر خبر لیتے رہے، پھر جھانکنا بھی چھوڑ دیا۔ ادھر اوپر والے کے فضل سے جنگل کی کھلی اور تازہ ہوا میں اسے شفا حاصل ہو گئی۔ وہ پوری طرح صحت مند ہو گئی۔ بیٹوں نے مروتاً اسے گھر لوٹ چلنے کو کہا مگر اس کے نفس نے گوارا نہ کیا۔ اس نے انکار کر دیا۔

ستارہ پری سوچتی ہوئی بولی "کسی طرح وہ ان دونوں تک پہنچ جائے تو دو مقاصد کی تکمیل ہو جائے گی۔ اول تو وہ راجہ اور لالی کو لکھنا پڑھنا سکھائے گی اور دوسرے یہ دونوں اس کی خدمت کریں گے۔ بُڑھیا انہیں دنیاداری سکھلائے گی۔ ماں کی ممتا دے گی۔"

"بہت دور کی کوڑی لائی ہو ستارہ بہن۔ رہا بڑھیا کو یہاں لانے کا کام...... تو یہ کوئی خاص مشکل نہیں ہے۔ اپنا پالتو خرگوش یہ کام بحسن و خوبی انجام دے لے گا۔"

چاندنی پری اور ستارہ پری مطمئن ہو کر اُڑ گئیں۔

پڑھو گے لکھو گے بنو گے نواب

لالی جنگل میں لکڑیاں چن رہی تھی کہ ایک خرگوش اس کے سامنے آگیا۔ "آہا! کتنا پیارا خرگوش! بُوبُوا سے پکڑو۔" لالی چلّائی تو وہ اُچھل کر بھاگا۔ لالی اس کے پیچھے دوڑی...... دوڑتی گئی۔

"لالی رُک جاؤ۔ آگے مت جاؤ۔ بھٹک جاؤ گی۔" بُوبُو نے اسے روکنا چاہا مگر لالی رُکی نہیں۔ مجبوراً بُوبُو کو بھی اس کا ساتھ دینا پڑا۔

خرگوش کبھی نظر آتا کبھی جھاڑیوں میں چھپ جاتا۔ آخر لالی نے اس کا سُراغ کھو دیا۔ تھک کر ایک پتھر پر بیٹھ گئی۔ بولی "بُوبُو۔ تم نے دیکھا تھا نہ اسے۔ روئی کے گالے جیسا سفید تھا۔ کتنا پیارا! وہ مجھے مل جاتا تو اپنے ساتھ رکھتی۔ اس کا نام لڈّو رکھتی......"

"لالی۔ ہم گھر سے بہت دور نکل آئے ہیں۔ واپس چلو۔" بُوبُو نے چاروں طرف نظریں دوڑاتے ہوئے کہا۔

"پہلے پانی پئیں گے۔ بنا پانی پیے مجھ سے ایک قدم نہ چلا جائے گا...... ہائے! پانی کہاں ملے گا بُوبُو؟"

بُوبُو کی تجربہ کار آنکھوں نے اِدھر اُدھر دیکھا۔ وہ بولی "وہ اُدھر دیکھو۔ اُدھر اونچی گھاس نظر آرہی ہے۔ وہاں پانی ہونا چاہیے۔ بُوبُو تیزی سے اُدھر بھاگی پھر چلّا کر بولی "لالی، آجاؤ۔ یہاں چشمہ ہے پانی کا۔"

لالی اُدھر چلی تھی کہ بُوبُو پھر چلّائی "۔ یہاں ایک جھونپڑی بھی ہے۔"

لالی پانی پینا بھول کر سیدھی جھونپڑی میں داخل ہو گئی۔ دیکھتی کیا ہے کہ ایک بُڑھیا کھاٹ پر پڑی کراہ رہی ہے۔ لالی حیرت زدہ اسے تکتی رہ گئی۔ بُوبُو زور سے ممیائی تو بڑھیا نے آنکھیں کھول دیں۔ لالی اور بُوبُو کو دیکھ کر اسے بھی حیرت ہوئی۔ اشارے سے اس نے لالی کو اپنے پاس بُلایا۔ پوچھا
"تم کون ہو؟"
لڑکی ہوں۔ لالی نام ہے۔"
"یہاں کیسے آگئیں؟"
"خرگوش پکڑنے آئی تھی۔"
بُڑھیا سمجھ گئی کہ اوپر والے نے اس کے لیے ہی لڑکی کو بھیجا ہے۔
وہ بولی......"میں بھوکی ہوں۔"
لالی کے ہاتھوں میں جنگلی سیب تھے۔ انہیں بُڑھیا کو دیتی ہوئی بولی
"آپ دادی اماں ہیں؟ آپ کو کھانا کون کھلاتا ہے؟"
"ہاں۔ میں دادی اماں ہوں۔ میں اپنا کھانا خود تیار کرتی تھی۔ دو روز سے میں بیماری کی وجہ سے بستر سے نہیں اُٹھ سکی۔ کھانا بھی نہیں بنا سکی۔"
"آپ ہمارے ساتھ چلیں۔ گھر پر میرا بھائی بھی ہے۔"
بُڑھیا تیار ہو گئی۔ راستے میں بُڑھیا نے اپنی کہانی لالی کو سنائی۔ لالی نے بھی اپنے اور راجہ کے بارے میں سب بتادیا۔
اُدھر راجہ اور موتی نے لالی اور بُوبُو کو ندارد پایا تو ٹُرٹُر سے پوچھا۔ اس نے بتایا کہ وہ دونوں کئی گھنٹوں سے غائب ہیں۔ پریشان ہو کر راجہ انہیں تلاش کرنے نکل پڑا۔ موتی ساتھ تھا۔ راجہ لالی کو آواز دیتا جارہا تھا۔ موتی

بھی برابر بھونکے جارہا تھا۔ تھوڑی ہی دور جانے پر انہیں لالی، بُوبُو اور بُڑھیا مل گئے۔ سب گھر لوٹ آئے۔

لالی اور راجہ کی دیکھ بھال سے دادی اماں جلد ہی صحت یاب ہو گئیں۔ پھر لالی نے انہیں پورا گھر گھمایا۔ باغیچہ دکھایا۔ بُوبُو سے پہلے ہی ان کی ملاقات ہو چکی تھی اور دوستی بھی ہو گئی تھی۔ موتی، بلی، ٹُرٹُر اور چلبل سے بھی وہ گھل مل گئیں۔ مومو مرغی نئی نئی تھی۔ انڈوں پر بیٹھی تھی۔ اس لیے ذرا کم ہی باہر نکلتی تھی۔ لالی سے بھی وہ زیادہ بات نہیں کرتی تھی، بس راجہ کو پہچانتی تھی۔ کیونکہ وہی اسے شہر سے لایا تھا۔ اسی نے اسے انڈوں پر بٹھایا تھا۔

ایک دن دادی اماں نے راجہ اور لالی کو نزدیک بٹھا کر پوچھا "بچّو! تم نے کبھی سوچا کہ کس نے تمہیں پیدا کیا ہے؟ کون تمہیں کھانے پینے کو دیتا ہے؟ کون تمہاری ضروریات پوری کرتا ہے؟ کس نے تمہیں سیلاب سے بچایا؟ کس نے تمہیں ایک دوسرے سے ملایا۔ بولو تو؟"

راجہ بولا "ہاں جانتے ہیں۔ ایک ہستی ہے جسے اللہ یا ایشور کہتے ہیں۔ وہ ہمارا جنم داتا ہے، پالن ہار ہے۔"

"تو بچّو! ہمیں اس کا شکریہ ادا کرنا چاہیے۔ روزانہ سویرے اُٹھ کر اس کا نام لینا چاہیے کہ اس نے رات کو ہماری حفاظت کی۔ ہمیں چین کی نیند سلائی اور شام کو بھی اس کا شکریہ ادا کرنا چاہیے کہ اس نے دن بھر میں ہمیں کھِلایا پلایا۔ ہمیں آرام دیا۔ ہماری حفاظت کی۔"

"سچ کہتی ہیں دادی اماں آپ۔ ہم ایسا ہی کریں گے۔" لالی اور راجہ نے دادی اماں سے وعدہ کیا۔

دادی اماں نے راجہ اور لالی کی پڑھائی شروع کی۔ سلیٹ اور کتابیں منگوائیں...... روزانہ دو دو تین تین گھنٹے انہیں لے کر بیٹھنے لگیں۔ وہ خود چار جماعتیں پڑھی تھیں۔ اتنا ہی وہ بچوں کو پڑھانے کا تہیہ کر چکی تھیں۔ ان کی توقع کے عین مطابق راجہ اور لالی نے بہت جلد لکھنا پڑھنا سیکھ لیا۔ راجہ شہر سے کہانیوں کی بہت ساری کتابیں خرید لایا۔ دادی اماں انہیں رات میں نت نئی کہانیاں بھی سناتیں۔

دیکھتے دیکھتے سات ماہ کا عرصہ بیت گیا۔ دادی اماں پھر بیمار پڑیں...... راجہ اور لالی ان کے سرہانے بیٹھے رہتے۔ ان کی خدمت کرتے...... ایک رات دونوں کی آنکھ لگ گئی۔ رات کے پچھلے پہر چاندنی پری اور ستارہ پری...... وہاں آئیں۔

"ارے غضب! چاندنی بہن! دیکھتی ہو بڑھیا تو گذر گئی۔"

چاندنی پری اور ستارہ پری نے سوچا راجہ اور لالی ناسمجھ ہیں...... انہیں موت کے بارے میں پتہ ہے نہ وہ آخری رسومات کرنا جانتے ہیں۔ اس لیے وہ دونوں بڑھیا کو اپنے ساتھ لے گئیں اور پرستان کی دوسری پریوں کی مدد سے ان کی آخری رسومات ادا کر کے ان کو دفن کر دیا۔

راجہ اور لالی نے سویرے دادی اماں کو بستر پر نہ پایا تو گھبرا گئے۔ کھانا پینا بھول کر چاروں طرف دادی اماں کو ڈھونڈنے لگے۔ تمام دن ڈھونڈنے کے بعد بھی وہ نہیں ملیں۔ رات کو روتے روتے سو گئے۔ چاندنی پری اور ستارہ پری یہ سب چھپ کر دیکھ رہی تھیں۔ دادی اماں کا پتہ دینے کے لیے انہیں راجہ کے خواب میں جانا پڑا۔ راجہ نے خواب میں دیکھا، دو پریاں آپس

میں گفتگو کر رہی ہیں۔

ایک نے کہا" یہ بچّے اپنی دادی امّاں کو تلاش کر رہے ہیں۔ وہ کہاں چلی گئی ہیں؟"

"وہ اللہ کے پاس چلی گئی ہیں۔ ایک دن سب کو اللہ کے پاس واپس جانا ہے۔ جیسے راجہ کے والدین گئے ہیں، جیسے سیلاب میں بہہ جانے والے سب لوگ گئے ہیں۔"

راجہ نے نیند سے جاگ کر لالی کو بھی سمجھادیا کہ دادی امّاں اللہ میاں کے پاس چلی گئی ہیں اور اب کبھی لوٹ کر نہیں آئیں گی۔ مگر حقیقت جان لینے کے بعد بھی دونوں کا دُکھ کم نہیں ہُوا۔ انہیں دادی امّاں کی یاد ستاتی رہی۔ راجہ کئی دن تک شہر نہیں گیا۔ لالی کے ساتھ بیٹھ کر یا تو ٹوکریاں بناتا یا کتابیں پڑھتا۔ یا دونوں دادی امّاں کی باتیں کرتے۔

ٹوکریوں کا ڈھیر لگ گیا تو بُوبُو کو فکر لاحق ہو گئی۔ اس نے موتی سے کہا" راجہ کو سمجھاؤ۔ کب تک شہر نہیں جائے گا وہ۔"

موتی نے راجہ سے کہا...... "بھوں...... بھوں...... راجہ، چلو کل شہر چلیں۔ ٹوکریاں فروخت کر آئیں۔"

راجہ بولا" موتی، دل نہیں لگتا۔ دادی امّاں کی بہت یاد آتی ہے۔ اتنے دنوں بعد ہمیں ان کا پیار ملا تھا۔ وہ بھی چھن گیا۔"

موتی نے سمجھایا" یہ دنیا کی ریت ہے۔ جانا سب کو پڑتا ہے۔ مگر جانے والے کے پیچھے کوئی کام دھندا تو نہیں چھوڑ دیتا۔"

ناداں ہیں جو روتے ہیں
رو رو جان گنواتے ہیں
اللہ کے جو ہوتے پیارے
جلدی بلائے جاتے ہیں

کل ہم شہر جائیں گے۔ یہ طے رہا۔"

بُوبُو نے کہا"میں...... میں...... کل لالی کو بھی ساتھ لے جاؤ۔ اس کا دل بہل جائے گا۔"

راجہ مسکرادیا۔ بولا"بُوبُو کو کتنا خیال ہے اپنی سہیلی کا۔"

لالی نے کہا"ایسا نہ کہو۔ بُوبُو سب کے کام آتی ہے۔ سب کا خیال رکھتی ہے۔ تمہارے پیٹ میں درد تھا تو دوا کی پتیاں وہی لائی تھی۔ موتی کو بخار تھا تو تمام رات اس کے سر پر ٹھنڈے پانی کی پٹیاں اس نے رکھیں۔ ببلی کی ٹانگ ٹوٹی تو بُوبُو کتنے ہی دن اسے پیٹھ پر بٹھائے گھومتی تھی۔ ہاں شاید ہم ہی اس کے جذبات اور احساسات کا اتنا خیال نہیں رکھتے جتنا رکھنا چاہیے۔"

"بس بھی کرو لالی۔"بُوبُو شرماتی ہوئی بولی"میری اس قدر تعریف نہ کرو۔ میں تو صرف اپنا فرض نبھاتی ہوں۔ پھر میں ہی نہیں، سب اپنا اپنا فرض پورا کرتے ہیں۔"

بُوبُو کو شرماتا دیکھ کر سب ہنس دیے۔ کئی روز کے بعد ماحول کی اداسی دور ہوئی تھی۔ سب کے دل ہلکے ہوگئے۔ لالی نے بڑے چاؤ سے کھانا بنایا۔ سب کو کھلایا۔

وقت سب سے بڑا مرہم ہوتا ہے۔ سب گھاؤ بھر دیتا ہے...... راجہ

اب اکثر ہی لالی کو اپنے ساتھ شہر لے جاتا۔ لالی شہر کی رنگا رنگ سے بے حد متاثر ہوئی۔ اس کے من میں بھی نکھار آ گیا تھا۔ شہر میں مختلف سجاوٹی چیزیں دیکھ دیکھ کر وہ ٹوکریوں کو خوبصورتی سے سجانے لگی تھی۔

راجہ کا اعلان

ایک مرتبہ لالی نے شہر میں سُنا۔ ڈھنڈورا پٹ رہا تھا...... 'سُنو...... سُنو...... سُنو۔ آج سے ٹھیک ایک مہینے بعد سترہ تاریخ کو راج کمار کی سالگرہ ہے۔ سالگرہ دھوم دھام سے منائی جائے گی۔ ہر خاص و عام کو اطلاع دی جاتی ہے کہ سالگرہ کے جشن میں اپنے فن کا مظاہرہ کرے۔ راج کمار فن کے دلدادہ ہیں۔ فن کا جو نمونہ راج کمار کو پسند آئے گا اسے وہ خود انعام سے سر فراز کریں گے...... سُنو...... سُنو...... سُنو......"

"بھیّا۔" لالی نے گھر لوٹتے ہوئے پوچھا "سالگرہ کیسے منائی جاتی ہے؟ ہم اپنی سالگرہ کیوں نہیں مناتے؟"

"سب مل کر کھاتے پیتے خوشیاں مناتے ہیں۔ بس یہی سالگرہ یا جنم دن منانے کا طریقہ ہے۔"

"پھر تو ہمارا روزانہ ہی جنم دن ہوتا ہے۔ تم، میں، بُوبُو، موتی، چلبل، بلی، ٹرٹر تو روز ہنستے کھیلتے موج کرتے ہیں۔" لالی نے کہا۔

"تو اور کیا چاہیے؟ پھر بھی تم کہو گی تو تمہاری سالگرہ منالیں

گے۔" راجہ نے اسے بہلانے کی خاطر کہا۔

لالی افسردہ ہو کر بولی "مجھے نہیں معلوم کہ میں کس دن پیدا ہوئی تھی۔"

"نہیں معلوم تو نہیں معلوم۔ پرسوں تمہاری سالگرہ منائیں گے ہم سب۔"

راجہ شہر سے غبارے اور پٹاخے لایا۔ بُوبُو اور ببلی نے مل کر پھولوں کے ہار تیار کیے اور گھر سجایا۔ لالی نے ذائقے دار پکوان بنائے۔ پھر سالگرہ کا جشن منایا گیا۔ پٹاخے چھوڑے گئے۔ چلبل نے گیت گا کر مبارک باد دی۔ ببلی نے بانسری بجائی۔ ٹرٹر خوب ناچا۔ موتی نے کرتب دِکھلائے۔ مومو اور اس کے چوزوں نے ڈرل کی...... اس طرح رات کو دیر تک محفل جمی پھر کھانا کھا کر سب سو گئے۔

رات کو راجہ کی آنکھ کھلی تو دیکھا لالی جاگ رہی ہے۔ اس نے لالی سے جاگتے رہنے کا سبب دریافت کیا۔ لالی نے پہلے تو ٹال دیا مگر جب راجہ نے اصرار کیا تو بولی "بھیّا، جب میری سالگرہ میں اتنا مزا آیا تو راج کمار کی سالگرہ کے جشن میں کتنا مزا آئے گا۔"

"سو تو ہے۔" راجہ نے اُسے غور سے دیکھتے ہوئے پوچھا۔ "تم کہنا کیا چاہتی ہو لالی؟"

"بھیّا! کیا ہم راج دربار میں نہیں جا سکتے؟"

"ہمیں وہاں کون پوچھے گا بہنا۔ ہم غریب لوگ ہیں۔ کوئی ہمیں محل میں گھسنے نہیں دے گا۔"

لالی کچھ نہ بولی۔ اس کی خاموشی سے راجہ کا دل ڈوبنے لگا۔ وہ

سوچنے لگا کہ لالی کی خواہش کیسے پوری کرے۔

سویرے اُٹھ کر اس نے موتی سے مشورہ کیا۔ وہ فوراً بولا "ہوں...... ہوں...... یہ کون سی بڑی بات ہے؟ جشنِ سالگرہ میں فن کاروں کو مدعو کیا گیا ہے۔ لالی بھی فن کار ہے۔ وہ کسی سے کم نہیں ہے۔"

"ارے واہ! موتی، واقعی تم ٹھیک کہتے ہو۔" راجہ خوش ہو گیا۔

"ہوں...... ہوں......" موتی نے اپنی بات کو آگے بڑھاتے ہوئے کہا:

"کوئی چیز بنائے ایسی
پہلے کبھی نہ دیکھی ہو جیسی
لے کر جس کو محل میں جائے
لگتی بھی ہے رانی جیسی۔"

موتی کا مشورہ پسند کیا گیا۔ سب نے آگے بڑھ کر کہا کہ جو بھی مدد درکار ہو گی وہ کریں گے۔ جو چیز لالی مانگے گی لا کر دیں گے...... لالی نے بھی تہیہ کر لیا کہ وہ ایک فنکار کی حیثیت سے جشنِ سالگرہ میں شریک ہو گی۔

آدھی رات کو موتی نے ایک میٹنگ کا اہتمام کیا۔ سب گہری نیند میں تھے۔ نیند سے جگایا جانا انھیں ناگوار گذرا مگر موتی کا مقصد جانتے ہی ان کی نیند غائب ہو گئی۔ موتی نے کہا "ساتھیوں! تم سب جان گئے ہو کہ راج کمار کے جشنِ سالگرہ میں لالی شریک ہو رہی ہے اپنے شاہکار کے ساتھ۔ اب میری بات پر غور کرو۔

بات اک تم سے کہنا ہے
سب کو غور سے سُننا ہے
راج دربار میں جانے کی
تیاری ہم کو کرنا ہے۔

بلّی نے کہا "موتی بھائی، شاعری میری سمجھ میں ذرا کم آتی ہے۔ سیدھے سیدھے کہو۔ ہمیں کیا تیاری کرنا ہے؟"

"تیاری لالی کے لئے کرنا ہے۔" موتی نے سمجھایا۔ "لالی اگر روزانہ کے کپڑوں میں دربار میں شامل ہوئی تو اسے کوئی نہیں پوچھے گا۔ شان سے سواری پر بیٹھ کر، ایک باڈی گارڈ کو ساتھ لے کر، چمچماتے کپڑوں میں، خوبصورت تاج پہن کر اگر جائے گی تو رعب پڑے گا۔ لالی تو اپنا شاہکار تیار کرنے میں مصروف ہوگی...... اس کی پوشاک وغیرہ کی تیاری ہمیں کرنا ہوگا۔ ہمیں اس کے لئے کچھ کرنا چاہئے۔ وہ دونوں ہمارا کتنا خیال رکھتے ہیں۔"

کچھ لمحوں کے لیے خاموشی چھاگئی۔ ہر ایک اپنے دل میں یہی سوچ رہا تھا کہ وہ اپنی مقدور بھر کیا کر سکتا ہے۔ آخر بلّی گلا کھنکار کر بولی...... "میاؤں! میں سلائی کڑھائی بہت اچھی کر لیتی ہوں۔ کوئی مجھے کپڑا لادے تو میں لالی کے لیے ایسا لباس تیار کردوں گی جیسا پریاں پہنتی ہیں۔"

ٹرٹر فوراً آگے آکر بولا "میں کپڑا لاؤں گا۔ شہر کی دُکان سے عمدہ کپڑا لادینے کا ذمّہ میں لیتا ہوں۔"

چلبل گنگناتی ہوئی بولی "میں تنکوں سے بڑھیا تاج بنا سکتی ہوں۔ تاج بنانا میری ذمّہ داری۔"

موتی نے مومو کی طرف دیکھ کر آنکھوں آنکھوں میں پوچھا "تم...... تم کیا کرو گی؟"

مومو ہچکچاتی ہوئی بولی "میں دعویٰ نہیں کرتی مگر کوئی میری مدد کے لیے ساتھ ہو تو میں لالی اور راجہ کے لیے عمدہ جوتے بنا سکتی ہوں۔"

"میں تمہاری مدد کروں گی۔" ببلی آگے بڑھ کر بولی۔ "جب تک ٹرٹر کپڑا لائے گا تب تک میں تمہارے کام میں تمہارا ہاتھ بٹاؤں گی۔"

اب باقی رہ گئے تھے بُوبُو اور موتی۔ موتی نے کہا "بُوبُو تم اور میں، ہم دونوں مل کر پتوں کی گاڑی یعنی رتھ بنائیں گے۔ لالی کو راج محل تک جانے کے لیے سواری کی بھی تو ضرورت پڑے گی۔"

"گاڑی تو میں ببلی وغیرہ کی مدد سے بنا لوں گی مگر یہ بتاؤ کہ گاڑی کھینچے گا کون؟"

ظاہر ہے موتی ہی یہ کام کر سکتا تھا اور وہ اس کے لیے بہ خوشی تیار بھی ہو گیا۔ اس نے آخر میں ہدایت دیتے ہوئے کہا "سب کو اپنا کام پوشیدہ طور پر کرنا ہے۔ راجہ اور لالی کو کانوں کان خبر نہیں ہونی چاہیے۔ ہم اچانک اپنے تحفے ان کے سامنے رکھ کر انہیں حیرت زدہ کر دیں گے۔"

ٹرٹر نے کہا "مجھے کپڑا لانے شہر جانا ہوگا۔ کیا کہہ کر جاؤں گا۔"

"کہہ دینا، خواب میں عزیز دوست کو بیمار دیکھا ہے، ملنے جا رہا ہوں۔" موتی نے صلاح دی۔

"نا بابا۔ جھوٹ نہ بولوں گا۔ دادی اماں کہتی تھیں جھوٹ نہیں بولنا چاہیے۔" ٹرٹر نے کانوں کو ہاتھ لگایا۔ موتی نے اسے سمجھایا "اچھی نیت سے اگر

جھوٹ بولا جائے تو وہ بُرا نہیں ہے۔ تمہارے جھوٹ سے کسی کو نقصان نہیں پہنچے گا۔"

جشن کی تیاری

بقیہ لوگوں کا سامان جنگل ہی میں دستیاب ہو جاتا تھا صرف ٹُرٹُر کو شہر سے کپڑا لانے روانہ ہونا تھا۔ وہ دوسرے ہی دن راجہ اور لالی سے اجازت لے کر نکل پڑا۔ چھپتا چھپاتا، پہاڑوں میں سے گذرتا ہوا وہ کئی دِنوں کے بعد شہر پہنچا۔ وہاں اس نے اپنے بھائی بندوں سے ملاقات کی۔ شہر آنے کا اپنا مقصد بیان کیا...... وہ بڑی خوشی سے اس کا ساتھ دینے کو راضی ہو گئے۔ انہوں نے ان کی دعوت کی اور اسے لے کر کپڑا دلانے نکلے...... ایک گھر میں داخل ہوئے...... گھر میں بہت سے لوگ اِدھر اُدھر کمروں میں سوئے پڑے تھے۔ ایک کمرے میں دَری پر رنگ برنگے کپڑوں کے کئی تھان رکھے تھے۔ ایک تھان پر نظر پڑتے ہیں ٹُرٹُر خوشی سے چیخ اُٹھا "آہا! کیا کپڑا ہے! یہ کپڑا لالی کے گورے رنگ پر خوب سجے گا......"

"چُپ چُپ! چُپ رہ میرے بھائی۔" دوسرے چوہے نے اُسے روک دیا۔ "آواز سن کر گھر والے جاگ گئے تو ہماری چٹنی بنا دیں گے۔ چلو، جتنا چاہیے اُتنا کپڑا کاٹ لیتے ہیں۔"

سب مل کر کپڑا کاٹنے کو مستعد ہوئے تھے کہ ٹُرٹُر نے کسی خیال کے

تحت چونک کر پوچھا" بھائی، اس گھر میں اتنے کپڑے کہاں سے آئے؟"

"بیٹی کی شادی کا سامان ہے۔ دیکھتے نہیں، گھر مہمانوں سے بھرا ہے۔" ایک تجربہ کار چوہے نے اندازہ لگا کر کہا۔

"ہم یہاں سے کہیں اور چلیں گے۔ ہماری لالی بھی ایک لڑکی ہے۔ میں ایک لڑکی کے لیے دوسری لڑکی کو دُکھ نہیں دینا چاہتا۔ ہم کسی دُکان سے کپڑا حاصل کریں گے۔" ٹرٹر کے جذبے کی دوسرے چوہوں نے قدر کی۔ وہ اس گھر سے نکل گئے۔ چھوٹی چھوٹی کئی دُکانیں دیکھیں مگر ٹرٹر کو کوئی کپڑا پسند نہ آیا۔ بڑی بڑی دُکانوں میں، جہاں قیمتی کپڑے فروخت ہوتے تھے پکّی سمنٹ کی دیواریں تھیں۔ وہاں سرنگ کھودنا ممکن نہیں تھا۔ ٹرٹر مایوس ہو گیا۔ دوسرے چوہے اسے دلاسہ دیتے رہے کہ کوئی نہ کوئی حل نکال ہی لیں گے۔

آخر کار ٹرٹر نے ایک ترکیب سوچ لی۔ ایک بڑی دُکان میں وہ سرِ شام ہی گھس گئے اور کپڑوں کے تھانوں میں چھُپ کر بیٹھ گئے۔ رات نو بجے دُکان بند ہو گئی تو تینوں پناہ گاہ سے نکل کر جلدی جلدی تھان دیکھنے لگے۔ ٹرٹر تو پگلا کر رہ گیا۔ اس کی سمجھ میں نہیں آ رہا تھا کہ کون سا کپڑا لے، کون سا نہ لے...... رنگ برنگے ایک سے ایک چمکیلے بھڑکیلے کپڑے تھے وہاں...... خیر! کافی چھان پھٹک کے بعد اس نے ایک کپڑا پسند کیا اور تینوں نے مل کر اسے کاٹ لیا......

اب سوال تھا کہ باہر کیسے نکلیں۔ ٹرٹر نے دونوں چوہوں کو دروازے کے قریب کھڑا کر کے کہا" یہاں دَم سادھ کر کھڑے رہو۔ میں دروازے کے قریب رکھا ہوا پانی کا جگ اور گلاس ایک ایک کر کے گراتا

ہوں۔ آواز سُن کر چوکیدار دیکھنے کے لیے اندر آئے گا۔ ہم دروازے کے پیچھے رہیں گے۔ جیسے ہی وہ اندر داخل ہوگا، ہم چپکے سے نکل جائیں گے۔"

ٹُرٹُر نے جیسا سوچا تھا ویسا ہی ہُوا۔ تینوں نہایت آسانی سے باہر نکل آئے۔ ٹُرٹُر نے سیدھے جنگل کی راہ لی۔ اس کے دوستوں نے اسے روکنا چاہا مگر وہ نہ مانا۔ اس کے دوست دور تک چھوڑنے آئے۔ ان سے رخصت ہو کر ٹُرٹُر تیزی سے دوڑنے لگا اور دو دن کے لگاتار سفر کے بعد گھر پہنچ گیا۔ کپڑا ایک محفوظ مقام پر چھُپا کر لالی کے پاس پہنچا۔ راجہ اور لالی نے حالات دریافت کیے...... "دوست کی طبیعت اب اچھی ہے" کہہ کر ٹُرٹُر نے اپنے سفر کے تجربات بیان کیے۔

لالی نے جوش سے کہا "دیکھو ٹُرٹُر، میں نے یہ ٹوکری بنائی ہے۔"

ٹُرٹُر نے دیکھا اور دیکھتا ہی رہ گیا۔ بہت بڑی ٹوکری تھی۔ اتنی بڑی کہ موتی بھی اس میں بآسانی سے سما جاتا۔ خوبصورتی سے بنائی گئی اس ٹوکری کو دیکھ کر ٹُرٹُر دنگ رہ گیا۔

رات کو لالی اور راجہ کے نیند میں غافل ہوتے ہی ٹُرٹُر اپنے ساتھیوں کی محفل میں پہنچا تو پھر حیرت زدہ رہ گیا۔ چلبل نے تنکوں کا رنگ برنگا تاج تیّار کر لیا تھا۔ مومو کے بنائے جوتے بس تیّار ہونے ہی کو تھے۔ ہاں گاڑی کا کافی کام باقی تھا۔ بُوبُو کے ساتھ بلّی اور موتی بھی کام میں لگے تھے۔ ٹُرٹُر کا لایا ہوا کپڑا سب کو بے حد پسند آیا۔ بلّی تو فوراً قینچی لے کر کاٹنے بیٹھ گئی۔

"بُوبُو! گاڑی کل تک تیار ہو جانی چاہیے۔ مجھے اسے کھینچنے کی پریکٹس

بھی تو کرنی پڑے گی۔" موتی کو اپنی ذمّہ داری کا احساس تھا۔
"ہو جائے گی...... ہو جائے گی۔ کل میں دن بھر کام کروں گی۔" بُو بُو نے کہا۔
صرف پانچ روز رہ گئے تھے راج کمار کی سالگرہ کی تقریب میں۔ تیسرے دن شام تک تقریباً تمام تیاریاں مکمل ہو گئیں۔

پریوں کا انعام

جس روز شہر جانا تھا اس سے پہلی رات میں لالی نے کہا "کھانے کے بعد میں اپنا شاہکار تم سب کو دکھاؤں گی۔ دیکھ کر تم لوگ بتانا کہ کہاں کون سی کمی رہ گئی ہے اور یہ کہ...... اسے اور بہتر بنانے کے لیے کیا کیا جا سکتا ہے۔"
بے چینی سے سب اس وقت کا انتظار کرنے لگے۔ کھانے کے بعد لالی اور راجہ اندر گئے۔ وہاں جا کر انہوں نے مومو کو پکارا۔ وہ اپنے چوزے لے کر اندر چلی گئی۔ ادھر بُو بُو نے سب سے کہا کہ وہ اپنے اپنے تحفے لا کر آنگن میں چھپا دیں اور وقت آنے پر لالی کو پیش کریں۔
راجہ اور لالی باہر آئے۔ انہوں نے خوبصورت ٹوکری اپنے ہاتھوں میں سنبھال رکھی تھی۔ درمیان میں ٹوکری رکھی گئی تو حیرت و مسرّت سے سب کی آنکھیں چمکنے لگیں۔ جتنی مہارت سے لالی نے ٹوکری بنائی تھی اتنی ہی عمدگی سے راجہ نے اسے رنگوں سے سجایا تھا۔ پھر لالی نے ٹوکری میں اُوپر

تک نرم گھانس بھر دی تھی جس میں سوکھے پھولوں کو رنگ دے کر سجایا گیا تھااور حیرت...... کہ اُن پھولوں کے درمیان مومو کے چوزے بیٹھے ہوئے تھے۔

"شاباش لالی...... لالی بہت خوب...... واہ واہ......!" سب نے تالیاں بجا کر لالی کا استقبال کیا۔ لالی خوشی سے پھولی نہیں سما رہی تھی۔ راجہ کے چہرے پر طمانیت سے بھرپور مسکراہٹ تھی۔

"مے...... مے...... لالی! تم بلاشبہ بڑی کلاکار ہو۔ تمہیں یقیناً انعام ملے گا۔" بُوبُو نے کہا۔ "مگر ایک بات ہے۔ تم کل جشن میں جانے کے لیے لباس کون سا پہنو گی؟"

"وہ ہے نا پیلا کناری والا فراک، جو بھیّا لائے تھے، وہی پہنوں گی۔" لالی نے سادگی سے کہا۔

"وہ کپڑے پہن کر جاؤ گی تو کوئی تمہیں محل میں گھُسنے نہیں دے گا۔" بُوبُو بولی۔

"بُوبُو درست کہتی ہے۔" راجہ نے سنجیدہ ہوتے ہوئے کہا۔ "مجھے سوچنا چاہیے تھا۔ لالی تو کام میں مصروف تھی۔ میں نے اس کے لیے عمدہ کپڑوں کا بندوبست کرنا چاہیے تھا۔ اُف! مجھے خیال کیوں نہ رہا؟"

"بھیّا، تم بھی تو میرے ساتھ کام کر رہے تھے۔" لالی نے راجہ کو سنجیدہ ہوتے دیکھ کر کہا۔

"چھوڑو، وہاں فن کا مظاہرہ کرنا ہے، لباس کا نہیں۔"

"نہیں لالی، تُو سمجھتی نہیں ہے۔ غریبی تمام خوبیوں پر پردہ ڈال

دیتی ہے۔ میں نے بڑی بھول کی......" راجہ کو بے حد قلق تھا......" اب کیا کیا جائے۔"

"راجہ فکر نہ کرو۔ تمہاری طرف سے یہ ذمّہ داری ہم نے اُٹھائی تھی۔ ہم لوگوں نے کچھ تیاری کی ہے۔ بوُبوُ نے کہا۔ پھر تالی بجا کر بولی "لالی کا لباس لاؤ۔"

بلی اور ٹرٹر فوراً باہر دوڑے اور چمکیلے کپڑے کا لباس سامنے لا کر رکھ دیا۔ راجہ اور لالی پھٹی پھٹی آنکھوں سے دیکھتے رہ گئے۔

"لالی کے جوتے۔" بوُبوُ نے کہا تو مومو دوڑی دوڑی گئی اور جوتوں کی جوڑی لے آئی۔ "لالی کا تاج؟" بوُبوُ نے سوالیہ نگاہوں سے چلبل کو دیکھا۔ وہ اُڑ کر گئی اور تاج لے آئی۔ "ارے نادانو! یہ سب تو ہو گیا مگر لالی راج دربار تک جائے گی کیسے؟ اس کی سواری کہاں ہے؟" کہتے کہتے بوُبوُ نے موتی کو اشارہ کیا۔ موتی دوڑا اور فوراً ہی گاڑی کھینچتا ہُوا لے آیا۔

راجہ اور لالی حیرت زدہ کھڑے تھے۔ اچانک لالی کی آنکھوں میں آنسو بھر آئے۔ وہ راجہ کے کندھے پر سر رکھ کر رونے لگی...... تھوڑی دیر تک روتی رہی پھر ہنسنے لگی۔ زور زور سے ہنستی رہی۔ پھر چپ ہو کر رونے لگی۔ بوُبوُ نے پوچھا "لالی، کیا بات ہے؟ تم پہلے روئیں، پھر ہنسیں اور پھر رونے لگیں، کیا تمہیں ہمارے تحفے پسند نہیں آئے؟"

"نہیں، ایسی بات نہیں ہے۔" راجہ نے کہا۔ "میں بتاتا ہوں۔ پہلی مرتبہ تم لوگوں کا پیار دیکھ کر لالی کا دِل بھر آیا اور وہ رونے لگی، کتنی محنت سے کتنی اچھی چیزیں تیار کی ہیں تم لوگوں نے...... پھر وہ ہنسنے لگی کیونکہ جو چیزیں

تم نے تیار کیں وہ اپنی عقل کے مطابق چھوٹی چھوٹی بنائیں۔ لالی نہ لباس پہن سکے گی نہ جوتے۔ تاج بھی اس کے سر پر نہیں آئے گا۔ گاڑی میں بیٹھے گی گاڑی ٹوٹ جائے گی۔"

بوُبوُ کا مُنہ لٹک گیا۔ باقی سب کا بھی یہی حال تھا۔ اپنے آپ کو سنبھال کر بوُبوُ نے بھرّائے گلے سے پوچھا "دوبارہ وہ روئی کیوں؟"

اس مرتبہ لالی نے جواب دیا "میں اس لیے روئی کہ تم جیسے پیارے دوستوں کے تحائف کی میں قدر نہیں کر سکتی۔ انہیں استعمال میں نہیں لا سکتی۔ کتنی بدنصیب ہوں میں!"

سب کے دل بھر آئے تھے۔ کسی کی سمجھ میں نہیں آرہا تھا کہ کیا کہے۔ اچانک چاروں طرف روشنی پھیل گئی۔ سب کی آنکھیں چندھیا گئیں۔ پھر جب آنکھیں کھلیں تو ستارہ پری اور چاندنی پری ان کے سامنے کھڑی تھیں۔

راجہ فوراً بولا "لالی...... دیکھو، یہی پریاں میرے خواب میں آئی تھیں۔"

"ہاں۔ ہم ہی تمہارے خواب میں آئی تھیں۔ یہ ستارہ پری ہیں اور میرا نام چاندنی ہے۔ ہم نے کئی مرتبہ تمہاری مدد کی ہے۔ ہم پریوں کا یہی کام ہے۔ اچھے، سچے اور نیک بچوں کی مدد کرنا ہمارا فرض ہے۔ ہم سب طرف کی خبر رکھتے ہیں۔ یہ تمہارے ساتھی بوُبوُ، موتی، ٹرّٹرّ..... سب کتنی جانفشانی سے تمہارے لیے تحائف تیار کر رہے تھے۔ سب ہمیں معلوم ہے۔ ہم ان کی محنت، ان کا خلوص رائیگاں نہیں جانے دیں گے۔ لو.. ..

دیکھو......"

چاندنی پری نے اپنی چاندی کی چھڑی وہاں رکھی ہوئی چیزوں پر گھمائی۔ دیکھتے دیکھتے ننھا سا فراک لالی کے ناپ کا بن گیا۔ جوتے اور تاج بھی بڑے ہو گئے۔ راجہ کے لیے کپڑے اور جوتے ہوا میں لہراتے ہوئے لالی کے کپڑوں کے پاس آ گئے...... ٹرٹر، چلبل، ببلی خوشی سے تالیاں بجانے لگے۔ اسی وقت گاڑی وہاں سے غائب ہو گئی۔

"ارے! گاڑی کہاں گئی؟" بُو بُو چلّائی۔ گاڑی تیار کرنے میں سب سے زیادہ محنت اسی نے کی تھی اس لیے اس کو فکر ہونا لازمی تھا۔

"پریشان نہ ہوں بُو بُو جی!" چاندنی پری نے کہا۔ "بھلا سوچو تو؟ بڑی گاڑی اس چھوٹی سی کوٹھری میں کیسے آ سکتی ہے!"

سب کے سب باہر دوڑے۔ دیکھا ایک شاندار گھوڑا گاڑی سامنے کھڑی ہے۔ پیچھے مُڑے تو حیرت ہوئی یہ دیکھ کر کہ ان کے چھوٹے سے مکان کی جگہ ایک خوبصورت پکّا مکان کھڑا تھا۔

"چاندنی بہن۔" ستارہ پری بولی۔ "تم نے لالی، راجہ اور ان کے دوستوں کو جو کچھ دیا ہے وہ اس کے حقدار ہیں۔ لالی کو اصل انعام تو کل ملے گا۔ تم کہو تو میں بھی ان لوگوں کو کچھ انعام دے دوں۔"

"کیوں نہیں۔ ضرور۔" چاندنی پری نے ستارہ پری کا حوصلہ بڑھاتے ہوئے کہا...... پھر لالی سے مخاطب ہو کر بولی "لالی، تمہاری ٹوکری کے پھول کل تازہ پھولوں میں تبدیل ہو جائیں گے۔ یہ تمہارے لیے میرا خاص انعام ہے۔"

"میں انعام میں ان لوگوں کو ان کے ساتھی دیتی ہوں۔" کہہ کر ستارہ پری نے اپنی چھڑی گھمائی تو ایسا محسوس ہوا چاروں طرف ستارے بکھر گئے ہوں۔ چمک ختم ہوتے ہی حیرت سے سب اپنی جگہ جم گئے۔ چاندنی اور ستارہ پری غائب تھیں۔ بُو بُو کے پاس ایک خوبصورت، تندرست بکرا، موتی کے نزدیک جھبرے بالوں والی حسین کُتیا، بلی کے ساتھ موٹا گلگلہ بلا اور مومو کے پاس شاندار کلغی والا مرغا گردن اکڑائے کھڑا تھا۔ پھر ایک چڑا اُڑتا ہوا آیا اور چلبل کے پاس کھڑا ہو گیا۔ ایک کونے سے ترتر کی دُلہن بھی نکل کر سامنے آ گئی۔

مہمانوں کا استقبال تالیاں بجا کر کیا گیا۔

بچھڑے مل گئے

راج کمار کے جشنِ سالگرہ میں شرکت کرنے کے لیے راجہ اور لالی نکلے تو دوستوں نے نیک خواہشات کے ساتھ انہیں رخصت کیا۔ سجی دھجی لالی اپنا شاہکار لے کر گھوڑا گاڑی میں بیٹھ گئی۔ راجہ ساتھ تھا۔ بقیہ دوستوں میں سے صرف مومو کو ساتھ جانے کا موقع ملا تھا کیونکہ چوزوں کو ٹوکری میں بٹھانے کا کام اسی کا تھا۔

تمام راستے لالی راجہ سے طرح طرح کے سوال پوچھتی رہی......

مجھے انعام ملے گا نا؟ انعام میں کیا ملے گا؟ دھن ملے گا تو ہم اس کو کس طرح استعمال کریں گے؟ اب تو اپنے خاندان میں ممبروں کی تعداد دُگنی ہو گئی ہے...... وغیرہ وغیرہ۔ راجہ اس کے سوالوں کے جواب دے کر اسے بہلاتا رہا۔

جشن کے آغاز سے پہلے وہ مقررّہ مقام تک پہنچ گئے۔ ایک بہت بڑے میدان میں سیکڑوں کی تعداد میں لوگ جمع تھے۔ ایک طرف شاہی خاندان کے افراد کے لیے اونچے مقام پر کُرسیاں لگائی گئی تھیں۔ پھر وزیروں وغیرہ کے لیے نشستیں تھیں۔

مہاراج وقت پر پہنچ گئے۔ راج کمار اور مہارانی ان کے ساتھ تھے۔ راج کمار کو پھولوں سے لاد دیا گیا۔ بُزرگوں نے راج کمار کو دعائیں دیں پھر مہاراج کی طرف سے تمام لوگوں میں مٹھائی تقسیم کی گئی۔

کھانا پینا ہو چکا تو تفریحی مقابلوں کا آغاز ہوا۔ کٹھ پتلی کا تماشہ ہوا۔ نٹوں نے کرتب دکھائے۔ جادو کے کھیل اور کُشتی کے مقابلے ہوئے۔ تلوار بازی کا مظاہرہ ہوا۔ لوگوں نے کھیلوں سے بھرپور لطف اُٹھایا۔

اس کے بعد فنکاروں نے اپنے فن کا مظاہرہ شروع کیا۔ اسی پروگرام کا راجہ اور لالی کو بڑی دیر سے انتظار تھا۔ مہاراج کے تخت کے سامنے ایک چبوترہ بنایا گیا تھا۔ ایک ایک فنکار آتا، اپنا شاہکار اُس چبوترے پر رکھتا، مہاراج اور معزز جج صاحبان اس سے اس کے شاہکار سے متعلق سوالات پوچھتے پھر اسے ایک طرف باعزّت بٹھادیا جاتا۔ راج کمار بھی پسندیدگی کا اظہار کرتا۔

لالی اپنا شاہکار دکھانے کو بے چین ہو رہی تھی۔ مگر راجہ نے اسے روک لیا۔ بولا "لالی، پہلے دوسروں کے شاہکار دیکھ لو۔ اپنے شاہکاروں کی نمائش کر دو گی تو تمہارا جوش کم ہو جائے گا۔ دوسروں کے فن کو دیکھنے سے بہت کچھ سیکھنے کو ملتا ہے۔"

کافی دیر بعد راجہ اور لالی اپنی ٹوکری لے کر آگے بڑھے۔ آہستہ آہستہ قدم بڑھاتے ہوئے چبوترے کے نزدیک پہنچ کر ٹوکری اس پر رکھ دی۔ راجہ تھوڑی دور ہٹ کر کھڑا ہو گیا۔ مہاراج کا اشارہ پا کر لالی نے ٹوکری پر پڑا ہوا پردہ ہٹا دیا۔ ایک لمحے کے لیے تو لالی ہی حیرت زدہ رہ گئی...... سوکھے پھولوں کی جگہ اتنے خوبصورت پھول مہک رہے تھے کہ آنکھ نہیں ٹھہرتی تھی۔ پھر پھولوں کے ساتھ چاروں طرف گولائی میں ننھّے ننھّے چوزے۔ راج کمار نے خوش ہو کر تالی بجائی۔ پھر پورا میدان تالیوں سے گونج اُٹھا۔ راج کمار نے خصوصاً فن کے اس نمونے کو پسند کیا۔ "یہ خوبصورت ٹوکری تم نے بنائی اور سجائی ہے؟" مہاراجہ نے دریافت کیا۔ لالی کے اعتراف کرنے پر مہاراج اور مہارانی نے اس کی تعریف کی۔

انعامات کا اعلان ہوا۔ لالی کے شاہکار کو پہلے انعام کا حقدار ٹھہرایا گیا۔ لالی کے پاؤں زمین پر نہیں پڑ رہے تھے۔ وہ انعام لینے گئی تو مہاراج نے پوچھا "لڑکی! تمہارا نام کیا ہے؟"

لالی نے نام بتایا۔ مہاراج نے پوچھا "تمہارے پِتا کا کیا نام ہے؟ وہ کیا کام کرتے ہیں؟"

جواب میں لالی خاموش رہی تو راجہ نے آگے بڑھ کر کہا "مہاراج!

لالی بچپن میں اپنی ماں سے بچھڑ گئی تھی۔ ایک غنڈا بد معاش اسے اغوا کر کے شہر میں بیچنے جا رہا تھا۔ جنگل کے راستے سے گذرتے ہوئے شاید وہ کسی درندے کا شکار ہو گیا۔ یہ تنہا رہ گئی۔ پھر میں نے اسے اپنی بہن بنالیا۔"

"اسے ٹوکریاں بنانا کس نے سکھایا؟"

"اس کی اماں بناتی تھیں۔ انہیں سے سیکھا تھا۔ متواتر بناتے رہنے سے یہ اپنے کام میں ماہر ہو گئی۔ یہاں تک کہ آج آپ کے انعام کی حقدار بن گئی۔"

"ہم لالی سے خوش ہیں۔" مہاراج نے کہا "جلدی ہی ہم اس کے فن کو بڑھاوا دینے کے لیے کوئی قدم اُٹھائیں گے۔"

جشن اختتام کو پہنچا۔ راجہ اور لالی خوش خوش گاڑی کے نزدیک پہنچے تھے کہ ایک ضعیف عورت دوڑتی ہوئی آئی اور چلّا کر بولی "لالی، میری بیٹی، میں تیری ماں ہوں۔"

راجہ اور لالی ٹھٹک کر کھڑے رہ گئے۔ راجہ کو شک ہوا کہ دولت کی لالچ میں تو کہیں یہ بُڑھیا ایسا نہیں کہہ رہی ہے۔ اس نے اپنے شبہ کو دور کرنے کے لیے پوچھا "اماں! تم کیسے کہہ سکتی ہو کہ یہ تمہاری کھوئی ہوئی بیٹی ہے؟ تمہاری بیٹی کہاں کھوئی تھی؟"

"بیٹے۔ کئی برس پہلے میرے رشتے کا دیور میری لالی کو اُٹھا لے گیا تھا...... خاندانی رنجش کی بنا پر اس نے ایسا کیا تھا۔ میں نے اس کے پاؤں پکڑ کر لالی کا پتہ پوچھا مگر وہ یہی کہتا تھا کہ اس نے لالی کو غائب نہیں کیا۔ ایک دن اسے سانپ نے کاٹ کھایا۔ تب مرتے مرتے اس نے قبول کیا کہ اس نے

لالی کو جنگل میں چھوڑ دیا تھا اور خود گاؤں واپس آگیا تھا۔ آبیٹی، لالی آ۔ میرے گلے لگ جا۔" بڑھیا نے ہاتھ پھیلائے۔

لالی "اماں" کہہ کر اس کی طرف بڑھی ہی تھی کہ راجہ نے اس کا ہاتھ پکڑ لیا اور اسے روک کر بڑھیا سے نرم الفاظ میں بولا "اماں، ایک دو باتیں اور بتا کر میرا شک دور کر دو۔ لالی جب گم ہوئی تھی تب اس نے کون سے کپڑے پہن رکھے تھے؟ اور دوسری بات، اپنی بیٹی کی کوئی پہچان بتاؤ؟"

"بیٹا...... اب اس بڑھیا میں صبر کی طاقت نہیں۔ میرا امتحان نہ لے۔ میری بیٹی سے مجھے ملنے دے۔ پھر بھی تو کہتا ہے تو سُن۔ نیلی اور پیلی دھاریوں والا فراک پہنی میری لالی آج بھی میری آنکھوں میں گھومتی ہے۔ رہی پہچان کی بات...... تو دیکھ لے...... پوچھ لے اس سے کہ اس کے دائیں کندھے پر ایک ساتھ دو تِل ہیں یا نہیں...... اس کی پیاری بکری تھی بُوبُو۔ وہ بھی اس کے ساتھ غائب ہو گئی۔"

راجہ نے لالی کے کندھے پر تِل دیکھے تھے۔ لالی کا پرانی فراک بھی اس نے سنبھال کر رکھا تھا...... پھر بُوبُو کا حوالہ...... شک کی کوئی گنجائش نہیں رہی تھی۔ اس نے لالی کا ہاتھ چھوڑ دیا۔ لالی دوڑ کر اپنی ماں کے گلے جا لگی۔ دونوں بہت دیر تک ایک دوسرے کے گلے لگی روتی رہیں۔ پھر راجہ نے انہیں گاڑی میں بٹھایا اور اپنے ٹھکانے کی طرف چل پڑا۔

جیسے ہی گھوڑا گاڑی گھر کے قریب پہنچی، لالی گاڑی پر سے کود گئی اور چلّا کر بولی "بُوبُو...... موتی، دیکھو، مجھے میری اماں مل گئی ہیں۔"

راجہ نے پکار کر تب تک انعام ملنے کا اعلان بھی کر دیا تھا۔ بُوبُو

اچانک کہہ اُٹھی۔ "مے...... میں...... مے...... تو یوں کہو کہ لالی کو آج دو انعام ملے ہیں۔"

ایک ایک کر کے سب نے لالی کو مبارکباد دی۔ راجہ ان کا تعارف لالی کی اماں سے کراتا گیا۔ لالی کی اماں نے راجہ کو گلے لگا کر کہا "تم میرے بیٹے ہو، تم نے ہی لالی کی جان بچائی۔ آج سے تم سب میرے بچے ہو۔ میں تم سب کی اماں ہوں۔"

اماں نے سب کو پیار کیا۔ راجہ نے کہا "لالی، ہم اپنا یہ گھر چھوڑ کر کہیں نہیں جائیں گے۔ مہاراج نے بُلایا بھی تو نہیں جائیں گے...... یا جاؤ گی لالی؟"

لالی نے 'نا' میں سر ہلا دیا۔

☆☆☆